討ち入りたくない内蔵助

白蔵盈太

SHIROKURA Eita

文芸社文庫

目次

一．元禄十四年　三月十四日（討ち入りの一年九か月前）

白い紙を貼った分厚い板で四方を囲まれた、殺風景な部屋の中央。
背筋をぴんと伸ばして正座する浅野内匠頭《あさのたくみのかみ》。先ほどから微動だにしない。

彼が着ているのは真っ白な裃と袴で、髷を上下逆さまに結い上げている。これから彼は、高家肝煎《こうけきもいり》の吉良上野介《きらこうずけのすけ》に斬りつけた罪で切腹をするのだ。恐怖はない。もとより斬りつけた時点で、死ぬことは覚悟していた。

江戸城の松の廊下で、よりによって勅使奉答という重要な儀式の最中に、従四位下の高位にある吉良上野介に斬りつけてしまったのだ。罪状の重さからいって、屈辱的な打ち首を命じられてもおかしくない。武士にふさわしく切腹で死なせてもらえるだけでも御の字だろう。

今になって冷静に考えてみると、なんであの時の自分はあんなに深刻に思い詰めてしまっていたのだろうか――

浅野内匠頭は、つい数時間前まで意識朦朧としていたのが嘘のように、すっきりとした頭でそう思った。

ここ数日の間ずっと、彼の頭の中は「こいつ、ぜったい許さんわ」という吉良上野介に対するどす黒い怒りで占められていた。積み重なる心労で重度の睡眠不足となり、混濁する意識の中でただ「許さん許さん許さん許さん」という呪詛の言葉だけが、彼の頭に念仏のように響き続けていた。

それなのに、いざその怒りが暴発して吉良上野介に斬りつけた途端、呪詛の言葉がぱったりと鳴りやみ、まるで霧が晴れたように急に周囲が見えるようになって、「自分はなんてことをしてしまったのだ」などと慌てはじめているのだから自己矛盾にもほどがある。

いったい、自分は何をしたかったのだろうか。

浅野内匠頭自身も、よくわからない。

梶川殿《かじかわどの》には、悪いことをしたな――

浅野内匠頭は、下級旗本の梶川与惣兵衛《よそべえ》の実直な顔を思い浮かべた。梶川は、松の廊下で吉良上野介に斬りかかった自分を羽交い締めにして止めた男である。

結果だけ見れば、この男さえいなければ浅野内匠頭は確実に吉良上野介の息の根を止められたわけだが、不思議なほどに梶川与惣兵衛に対する怒りはなかった。

梶川殿は、梶川殿のやるべきことをやっただけだ。

それにひきかえ儂は……やるべきことを、やれなかった。


下級旗本である梶川与惣兵衛は、勅使奉答をつつがなく終わらせるために必死で尽力してくれていた。もちろん自分だって、将軍様から命じられた仕事を完璧にこなして、自らの藩の存在感を幕府の中で示そうと思って懸命にやってきたつもりだった。だが結局自分は、自らの手で勅使奉答をぶち壊しにした。それによって命を失い、この乱暴狼藉のせいで赤穂藩も間違いなく取り潰しだろう。三百人ほどいる藩士たちは全員路頭に迷うことになる。

そこまでしておいて、自分は吉良上野介を殺すことができなかった。

敵とみなした人間を殺すのは、侍として必要最低限の責務だ。それすら果たせないようでは、戦闘だけを生業とし、米も織物も何一つ生みださない武士階級の存在意義がない。梶川与惣兵衛に恨みはないとはいえ、武士・浅野内匠頭として世間の目に映る姿を考えた時、これは屈辱以外の何物でもなかった。

田村《たむら》家の小姓が浅野内匠頭を呼びにきて、彼を切腹の会場に先導する。会場に向かう廊下の途中に、二つの見慣れた顔があった。児小姓頭《こごしょうがしら》の片岡源五右衛門《かたおかげんごえもん》と、側用人の磯貝十郎左衛門《いそがいじゅうろうざえもん》だった。二人とも地面に伏しながら、顔をくしゃくしゃにして嗚咽している。

重罪人である浅野内匠頭に家臣が面会することなど、本来なら絶対に許されないはずだ。最後に主君の顔も見られずに終わってしまうのは不憫であろうと、誰かが秘密裏に取りはからってくれたに違いなかった。

「今回の件、あらかじめお主らにも知らせておければよかったのだが、やむを得ない事情があって、思わずやってしまった」

「殿……殿ぉ……」

言葉にならない二人に対して、浅野内匠頭は優しく声をかけた。

「何も知らされていなかったから、お主らも不審に思ったろう」

「めっそうもございませぬ……殿」

自分は藩主である。残された藩士たちに、何か言葉を残さなければならない。彼は筆頭家老の大石内蔵助《おおいしくらのすけ》の顔を思い浮かべた。

あいつはよく気がつく男だ。むしろ気がつきすぎるせいで、ほかの人間なら何とも思わずに忘れ去ってしまうような些細なことで、よく無意味に消耗している。そんな気苦労の多い性格が悪さをして、普段は厄介ごとに巻き込まれないように逃げ回ったり、すぐ手を抜いたりする困った癖がある。

だが、根っこは義理堅い奴だ。こういう時に逃げるような男ではない。

それに、あれこれ気を使うのをやめて開き直った時のあいつは、強い――

浅野内匠頭は最初、「吉良上野介を討て」と内蔵助に言い残そうと思った。信頼する内蔵助なら、きっとそれを果たしてくれるはずだ。

だがその時、浅野内匠頭の脳裏に、ボロボロと泣きじゃくりながら必死で自分を組み止めた梶川与惣兵衛の顔がよぎった。その途端、自分の仇を討てと言い残すのが、なんだかとても無責任なことのように思えてきた。

儂は自分の役目を果たせなかったうえに、家臣にその重荷を負わせるのか。

これではまるで、自分の無能ぶりを家臣に晒しているようではないか。こんなものは恥の上塗りだ。

結局、浅野内匠頭は、

「内蔵助に、家臣たちのことを頼んだぞと伝えてくれ」

とだけ言い残すと、片岡源五右衛門と磯貝十郎左衛門の前を通り過ぎていった。

これから死ぬのが馬鹿馬鹿しく感じるほどの、穏やかな春の日である。縁側から見える中庭の桜は昨日の大雨でほとんど散ってしまっていたが、かろうじていくつかの花が残り、雨露を含んで白く輝いている。

「これは……?」

切腹の場にたどり着いた浅野内匠頭は思わず息を呑んだ。中庭に用意された畳二枚の上に毛氈が敷かれ、脇差を載せた白木の三方が置かれている。

藩主ほどの身分の者の切腹は普通、室内で行うものとされている。屋外での切腹は、もう少し身分の低い者のための格式だ。これはどういうことか。

浅野内匠頭は思わず抗議しようとしたが、毛氈の前に座った田村右京大夫《うきょうのだいぶ》が、むっつりと押し黙ったまま申し訳なさそうな顔でこちらをじっと見つめているのを見て、その言葉を飲み込んだ。

将軍様が、このようにしろと命じておられるのだな――

急に、虚しさが込み上げてきた。自分は自分なりに、ぎりぎりの精神状態で勅使奉答の成功に向けて頑張ってきたつもりだ。それをぶち壊しにした罪から逃げるつもりはないが、ぶち壊してしまうまでに追い込まれた自分の気持ちは一つも理解されていないのだな、と感じた。

浅野内匠頭はゆっくり平伏すると、震える声で言った。

「本来であれば、打ち首もまぬがれぬ大罪を犯したわが身にございます。切腹を賜りましたこと、ありがたき幸せと、上様のご恩情に心より御礼申し上げます」

逆に礼を言ったのは、将軍に対する彼なりの最大限の皮肉だった。


続いて硯と筆が持ち込まれ、辞世の句を詠む。

普段ほとんど和歌など詠んだこともない浅野内匠頭だが、不思議なほどに言葉がするすると浮かんできた。

自分自身が情けない。何ひとつ責務を成し遂げることなく、こんな形で無駄死にすることが悔しい。できることなら、今年の勅使奉答役を拝命し、吉良上野介や梶川与惣兵衛と初顔合わせをした日に戻って、今度こそ問題なく役目を果たせるよう、やり直したい――

そんな後悔と自責の念を噛みしめていたら、知らぬ間にこんな辞世の句が書き上がっていた。

風さそふ　花よりもなほ　我はまた　春の名残を　いかにとやせん

二．元禄十四年　三月十九日（討ち入りの一年九か月前）

その日、大石内蔵助の平凡な人生は、一挺の早駕籠とともに終わりを告げた。

それまでの内蔵助の人生は幸運そのものだった。藩主の浅野内匠頭とも強い血のつながりがある彼は、この世に生まれ落ちた瞬間から、努力せずともいずれ赤穂藩五万石の筆頭家老の座につくことが確定していた。

時は元禄の泰平の世である。その日、江戸からやってきた一挺の早駕籠がもたらした凶報さえなければ、きっと彼は日本に何百とある藩の名もなき家老の一人として、ほとんどなんの記録にも残らず、幸せに天寿を全うしていたに違いない。

「なんやと？　さっぱりわけわからんぞ、それ？」

内蔵助は思わずすっとんきょうな声を上げてしまった。部下の前だというのに、動揺のあまり、思わず普段の訛りが出てしまった。

「で……ですから、殿が御城の松の廊下にて、高家肝煎の吉良上野介に……」

「なんでまた、殿はそんなことしでかしたんや？」

「委細、わかり申しませぬ。我々が知らされているのは、ただ刃傷事件があったということだけで……」

「はぁあ？　なんやねんホンマ！　さっぱりわけわからんわ……」

そう言ってハァと苛立たしげに息を吐いた内蔵助の顔を、早駕籠でこの凶報を届けた早水藤左衛門《はやみとうざえもん》と萱野三平《かやのさんぺい》が沈痛な面持ちで見上げている。二人ともまるで泥田坊のように、髪から顔から着物まで全身泥にまみれていた。

二人は刃傷事件の起きた三月十四日にただちに江戸を発ち、早駕籠を乗り継いで赤穂まで四日半でたどり着いていた。通常なら十七日かかる道のりを、ろくに飲まず食わずで、激しく揺れる早駕籠の中で無理矢理に仮眠を取りながら駆け抜けた、命がけの強行軍だった。

「我々は、とにかくまずは刃傷があったという旨を国元に一刻も早く知らせねばと、連絡を受けたその場ですぐ江戸を発ち、急報に至った次第でござる。こちらに大学様《だいがく》からの書状がござりますゆえ、詳細はこちらを」

内蔵助は早水藤左衛門から渡された泥だらけの文箱を開いた。中に入っていたのは浅野内匠頭の弟、浅野大学からの書状だ。そこには、浅野内匠頭が勅使饗応の最中に江戸城内で高家肝煎の吉良上野介に斬りつけたことと、今のところ内匠頭は無事であることが書かれていた。加えて、老中から家中静かにするようにというお達しが出ているので国許でもそのつもりでいるように、江戸に来たいと思うかもしれないが、来ることは無用である、といった指示が添えられている。

「今のところ殿のお命は無事だとは書かれとるが、こんなもん気休めにすぎんわな。ほんで、江戸詰家老はなんと言っとるんや。安井《やすい》からの書状はないのか？」

「いえ、安井様からは特に何も預かってはおりません」

「なんじゃそら。こういう時こそ江戸詰家老の出番やろ。まったく、安井のアホは相変わらずボーッとしくさって」

内蔵助は、江戸詰家老の安井彦右衛門《ひこえもん》の緊張感のない顔を思い浮かべていた。あの男ではこの難局を乗り切ることは無理だろうな、と思う。

「だいたい、儂も心配やから、勅使饗応役の具合はどないやねんって安井のアホに今までに何度も何度も問い合わせとったやんか。

それに対してあのボケ、『万事順調でなんの問題もあらへん』ってずっと能天気な返事しかしてこおへんかったのに、なんやねんこの体たらくは。ホンマ使えんボケカスやわ。——ほんで、江戸の様子は実際、どうだったんや藤左衛門」

問いかけに答えがない。

「藤左衛門……？　どうだったんや？」

内蔵助が不審に思って書状から顔を上げて見てみると、手紙を届けるという役目を果たして緊張感が途切れたか、早水藤左衛門は座ったまま目を閉じて寝息を立てている。少し後ろで平伏していた萱野三平も、畳に突っ伏した状態で気を失っていた。ハァと溜め息を一つついた内蔵助は、家の者を呼ぶと落ち着き払った口調で命じた。

「二人を介抱してやれ。身体を洗って布団に寝かせよ。いつ目を覚ましてもいいように、食事も用意しておいてやるのだ」

そして無言のまま奥の間にひっこんだのだが、静かに襖を閉めて独りになった瞬間、先ほどまでの冷静沈着な態度は一変。内蔵助はガタガタと震えて脂汗を流しながら、文机に両肘をついて頭を抱え込んだ。


ちょぉ待てや……なんやこれ。なんなんやこれ。

勅使饗応の最中、江戸城内、高家肝煎って……これ刃傷が起きた局面も、場所も、相手も最悪やんか。こんなん絶対アカンやつやん。今のところ殿はご無事だと大学様は書いとうけど、どう転んでも殿、絶対に助かるわけないやんこんなん。下手したら切腹もさせてもらえんで、打ち首かもしれんぞこりゃ。

ほんで赤穂藩は取り潰しや。もう間違いなく取り潰し。千五百石扶持の筆頭家老だった儂も、きっと来月からは蓄えを食いつぶして生きるただの素浪人や。

……いや、単に素浪人になるだけですむのならまだ御の字やで。こんなん、藩士ども絶対納得せぇへんやろ。アイツら全員、自分の田畑を守ることしか考えてへん猪みたいな田舎侍ばっかやからな。ご公儀に楯突くことの無意味さとか、殿の係累に連なる方々へのご迷惑とか一切考えへんねや。

ほんできっと「城を枕に全員討ち死にじゃァ！」とか、その場の勢いだけでしょーもないことを威勢よく言うんやで絶対……。

こんなことなら、安井彦右衛門からの書状など一切信用せず、無理にでも江戸に押しかけて自分が陣頭指揮を取ればよかった。江戸詰家老の顔を潰すことになるといって、変に遠慮して江戸側に全てを任せてしまった自分の判断が誤りだったことを、内蔵助は今さらながらに痛感したのだった。

安井彦右衛門はいかにも育ちのよい者らしく、優しくて人当たりがいいので家臣の間で人気が高かった。だから、たとえ安井自身が頼りなくても周りがなんとか支えるだろうと内蔵助は期待していたわけだが、その見込みは甘かったのだ。

見込みの甘さは、取り返しのつかない事態となって返ってきた。どれだけ後悔しても、もう遅い。

内蔵助はしばらく焦点の合わぬ目で呆然と宙を眺めていたが、最初の衝撃が徐々に収まってくると、ようやく頭が少しずつ働くようになってきた。

まずは何よりも、家臣たちを落ち着かせなければならない。ある日突然に主君と職を失い、破れかぶれになった家臣たちが暴徒化してしまったら最悪だ。

それから、藩札の清算も喫緊の課題だ。藩が発行する独自通貨である藩札は、払い戻してくれる藩が消滅してしまったらただの紙切れになる。当然、藩札を持つ領民たちは我先に藩札を現金に戻そうと殺到するはずだが、いまの赤穂藩の金蔵に、全ての藩札を払い戻すだけの手持ちの現金はない。これも上手にさばかないと、大損をした領民たちが怒って暴れだすことは目に見えている。

そのほかにも、浅野内匠頭の葬式の手配、未亡人となった阿久里《あぐり》姫の身の振り方の協議、幕府への赤穂城引き渡しに向けた準備など、大小さまざまなやるべきことを挙げだしたらきりがない。

気が遠くなるような作業を前に、内蔵助は思わず弱音を吐いた。

こんなん、儂には無理やで。

そもそも、儂みたいなひねくれた怠け者が筆頭家老をやっとることに無理があるのに、こんなとんでもない危機なんて絶対に乗り切れるわけないやん。

内蔵助は、お世辞にも勤勉な侍とはいえない。

人前では決して言えないことだが、彼は昔から「侍なんざ、いまどき使い道もない武芸をせっせと無駄に磨いて、百姓が汗水たらして育てた米を無駄に食いつくすだけの、蝗《いなご》みたいなもんやろ」などと心の中でずっと思っていた。

そんなことを考えているような人間が、誇りをもって侍の仕事に取り組めるはずがないのだ。それなのに、そんな人間が家柄を理由に、よりによって浅野家筆頭家老という一番の重責を担っているのである。

「家柄とか血筋とか、もううんざりなんや。馬鹿馬鹿しい。トンビが鷹を生むこともあれば、鷹がトンビを生むことだってあるやろ。筆頭家老なんて儂には絶対に向いとらんのに、どうしてやらされなアカンねん」

筆頭家老という仕事には、ある程度の強引さと図太さが必要である。

多くの人の言葉に素直に耳を傾けることはもちろん大事だが、百人いたら、百人全員からひとつも文句が出ない解決法などないのだ。全員の意見を丁寧に聞いて、その全てをいちいち尊重していたら何も決められない。

だが、彼はたとえ九十九人が賛成して彼に感謝したとしても、一人でも文句を言う者がいたら、その一人の言葉のほうを気に病んでしまうたちの人間だった。


藩士たちにしてみれば、筆頭家老がそんな弱腰では仕事が進まないことこの上ない。筆頭家老が了解してくれない限り何も動けない彼らは、さっさと決断を下してくれと口々に内蔵助に迫ってくる。

仕方なく内蔵助は、「浅野家筆頭家老　大石内蔵助」を演じることにした。人々の恨みを買うような指示を出さなければならない時には、「それを命じたのは儂が演じる筆頭家老であって、儂自身の意志ではない」などという苦しい言い訳を心の中で唱えることで、罪悪感となんとか折り合いをつけてきた。

十九で家督を継いで以来二十年以上もの間、彼はそうやって自分の本心に仮面をかぶせて、しぶしぶ筆頭家老を務めてきたわけだが、そんな後ろ向きな気持ちでこなす仕事が面白いはずがなかった。

いつしか彼は「ちっとも働かない昼行灯《ひるあんどん》」と家臣たちから陰口を言われるようになった。

思い入れを深くしすぎると自分の心が持たない。だからあまり真剣に向き合わない。それが長年の間に沁みついた彼の仕事のやり方だった。

「だいたい、東照大権現《とうしょうだいごんげん》が天下に平和をもたらして、もう百年が経つんやぞ。その間、大きな戦なんて一度も起こっとらん。いまどき、血ぃ流して戦ってほんのわずかな田舎の土地を切り取るよりも、大坂の商人とねんごろになって金勘定に精出したほうが、よっぽど儲かる時代やないか。

そんな時代に、父祖の地を守るために最後まで戦って死ねとか、侍は主君への忠義のために潔く散って当然やとか、カビの生えた古臭い考えやっちゅうねん。

そういうのを喜んでやりたがる知恵の足らん奴らは、その手の書物の読みすぎで頭沸いとるんや。いまどき死んで何が残るねん、なぁ？」

筆頭家老として日々、時勢を眺め藩の財政を管理する中で、彼は偽らざる本音としてそういう思いをずっと抱き続けてきた。もちろんこんな本音は、誰にも言えるはずはない。

「くだらんわぁ……本当にくっだらん……。

だいたい儂、そもそも自分は武士にも家老職にも向いてへんとずっと思っとって、それでも辞めさせてもらえんから、筆頭家老の役割を嫌々演じてきたんやで。
それなのに、なんやねんこれは。
なんでよりによって、やる気まんまんの立派な家老のいる家じゃなくて、ちーっともやる気のない儂のところに、こんな人一倍ごっつい話が降ってくんねん。神さんの気まぐれもええかげんにせえっちゅう話や。ありえへんでホンマ……」

文机に突っ伏したまま、内蔵助はしばらくブツブツとそんなことをつぶやいていたが、ようやく何か肚を決めたかのようにキッと虚空を睨んだ。その目は少しだけ、普段の優柔不断な昼行灯とはどこか違った光を放っていた。

内蔵助は、まるで弱い自分自身に懇々と言い聞かせるように、静かに、しかし力強い口調で言った。
「ふっざけんなや……絶対に、こんなくだらんことで藩士どもを殺してたまるかっちゅうねん。儂の目の黒いうちは、一人たりとも死なせやせんからな！」

それから一刻ほどののち、内蔵助は眉間に深い皺を寄せながら、藩士全員が集められた赤穂城の大広間に向かう廊下を歩いていた。付き従う重臣たちは皆、重苦しい表情で一言も発しない。板張りの廊下がミシミシ軋む音だけが静かに響いている。

この突然すぎる悲劇を伝えたら、藩士たちはいったいどんな反応をするやろか。下々の者にまで優しい殿やったから、聞いたらみんなワッと一斉に泣きだして、お通夜みたいになるんやろなぁ、言いたくないなぁ……。

そんなことを考えながら歩いているうちに、あっという間に大広間の前にたどり着いてしまった。たどり着いてしまったらもう、襖を開けて中に入るしかない。

ええい、しゃーない、腹くくれ儂！

内蔵助は下腹に気合を入れ直して襖の把手に手をかけたが、その時、襖の向こう側が何やら騒がしいことに気づいた。

こんな朝早くから藩士全員が城に集められるなんて、たしかに尋常なことではない。何が起こったのだろうかと不安に駆られて、多少騒がしくなるのは仕方ないと思う。だが、襖の向こうから聞こえてくるのはもはや騒がしいを通り越して、大声で口論しているような怒鳴り声だ。いったいなんの騒ぎだろうか。

「皆の衆、静まられよ！　いかがしたか！」

内蔵助は、皆を一喝しながら勢いよく襖を開いた。襖が柱を叩くバンという大きな音に、大広間のあちこちで固まって話し合っていた二百人以上の藩士たちの目が一斉に内蔵助のほうを振り向く。

ほんの少しの間だけ、時間が止まったような静寂があった。

しかし次の瞬間、先ほどまで広間のほうぼうから散発していた怒鳴り声が、内蔵助一人に向かって一斉に押し寄せてきた。

「内蔵助様！　籠城のご準備はいかように！」

「我々は城を枕に討ち死にする覚悟でござる！」

「大石様のご決断を！」

「籠城！　籠城じゃ！」

なんだなんだ、と内蔵助が事態を呑み込めずに戸惑っている間にも、藩士たちは内蔵助の周囲を十重二十重に取り囲んで口々にわああわあと叫んでいる。あっという間に押すな押すなの大騒ぎになった。

「無礼者！　ひとまず下がれ！　皆の者、下がらんか！」

内蔵助が大声で怒鳴りつけても、興奮した藩士たちはなかなか引き下がらない。もみくちゃにされた内蔵助の髷や袴は、あっという間にぐちゃぐちゃになった。

ひと暴れしたことで鬱憤が発散されたか、家臣たちがようやく落ち着きを取り戻して座に戻ると、内蔵助はふうと大きく息を吐いて上座にゆっくりと腰を下ろした。そして髪と着物を手で軽く整えながら、改めて一堂に呼びかけた。最初は堅苦しくいこうと思っていたが、すっかり馬鹿馬鹿しくなったので普段の口調で話すことにした。

「……つまり、もう全員、殿の身に何が起こったか全部知っとるってことやな」

早駕籠が大石邸に入っていったのは夜明け前のことで、伝えられた内容は当然ながら極秘事項だ。だが、ただならぬその到着の様子を通りがかりに偶然目にした者がわずかにいたらしい。その情報はあっという間に城下に広まり、恐慌状態に陥った藩士たちは大石家の下男などに力づくで詰め寄るなどして、早駕籠がもたらした知らせを全部聞き出してしまったということだ。

「ま、逆に話が早なっててええわ。皆の衆、要するにそういうこっちゃ。

正直儂も今のところ、皆が知っとる話以上のことは一切知らん。おそらく早飛脚か早駕籠で、追い追い続報が来るやろ。そうやけど、まあ――」

その後の言葉を言うのは少しばかりためらわれた。だが、曖昧な言い方でごまかしても仕方がない。

「皆の衆ももう、薄々わかっとるやろ。御城の中で高家肝煎に刃傷したって、こら間違いなく一番アカンやつや。甘い望みはきっぱりと捨てるべきやろな。儂ら全員、ここから先はそういう前提で動かなあかんと思うのやが、さっきから皆でワアワア騒いどったのは、いったい何なんや」

するると、家臣一同を代表して組頭の奥野《おくの》将監《しょうげん》が答えた。

「はい。江戸で何があったか詳しくは存じませぬが、そんなことは我ら赤穂藩士にはあずかり知らぬこと。江戸が何を言ってこようと、赤穂藩士はただ、この赤穂の地を守り、殿の身に何かあれば殿に殉じる、それだけでござろうという話になり申した。それで、この赤穂城に籠城して、城を枕に全員で討ち死にせんとの相談をしておった次第にござります」

やっぱりな。予想どおりや。

内蔵助はそう考えて、あらかじめ用意していた言葉を口にした。

「籠城なぁ……まあ、皆の衆の無念はわかる、わかるで。せやけどな、ご公儀の命に背いて城を閉ざして歯向かうとは、これまたずいぶんと物騒なこっちゃなぁ。いったい誰が最初に、そんなどえらいこと言いだしはったんや」

内蔵助はこの部屋に入る前から、籠城すべしとする意見が出ても、それを最初から頭ごなしに否定はしないと心に決めていた。死を恐れているようなそぶりも絶対に見せてはならない。

筆頭家老である自分がそんな腰の引けた態度を見せてしまったら、殺気立った藩士たちに袋叩きにされるに決まっている。それに、ここで藩士たちに臆病者と思われて信頼を損ねてしまったら、このあとにずっと続くであろうさまざまな議論の場で、簡単にまとまる話もまとまらなくなるからだ。

内蔵助が意図的に落ち着いたゆっくりとした口調で尋ねると、ついさっきまで猛々しく騒いでいたのが嘘のように、藩士たちは誰一人として口を開かなくなった。人は匿名で集団の中に埋もれると強気になる。だが、集団から抜き出されて名前のある一個の人間に戻されると、途端に羊のようにおとなしくなるものだ。

「将監はん、籠城の言いだしっぺは誰や」

「は。それは……誰が最初というわけではござらぬが、まず何人かが籠城だと叫びだし、すると何人かがそれに同調し、そしてだんだんと声が大きくなって、籠城じゃ籠城じゃと気勢を上げているところに、大石殿がお越しになられたわけで」

「ふむ。なるほどな」

これは藩士の総意ではないな、と内蔵助はすぐに見抜いた。

最初のうちこそ籠城を主張する声で大広間が満たされていたように見えたが、それは単に、籠城を主張する者たちがいちばん大声だったからだ。

藩士たちは、いきなり朝に呼び出されて衝撃的な知らせを聞かされた。そんな頭の整理もついていない状態で、誰かが「籠城じゃ！」と叫びだしたら、その場でとっさにその意見に反論することは難しいだろう。

戦って討ち死にすることは、武士階級にとってはもっともわかりやすい美徳だ。わかりやすい美徳を唱える側に立つのは簡単で、ただ思考停止すればいい。それに対して、わかりやすい美徳に異を唱えるのは実に難しい。説明を一歩間違えると卑怯者呼ばわりされかねず、常に危険と隣り合わせだ。

改めて内蔵助が大広間を見回すと、微妙な表情でじっと下を向いている者があちらこちらに見受けられた。彼らはおそらく、死にたがりの籠城派の威勢のいい主張に内心複雑な思いを抱きつつも、角を立てずにその思いをうまく説明することができず、沈黙して難を避けているのだろう。

そんな、多くの藩士の煮え切らない態度に対して内蔵助は別に腹を立てなかった。「せやな。人間の反応としてそれが当然や、同じ立場なら儂だってそうする」と思った。はっきりと態度には出さなくとも、実は藩士の大部分が迷っているのだとしたら、ここは即決せずに時間をおくのが一番だと内蔵助は判断した。

籠城をよろしくないと考えている連中は、今でこそ息を潜めてだんまりを決め込んでいるが、時間をおけば次第に考えがまとまってくる。そうなれば、彼らは恐る恐るでも本来の意見を少しずつ外に出してくるはずだ。

逆に、籠城派の勢いはいまだけだ。彼らはいま、混乱と興奮の中で我を忘れて、死に花を咲かせるべしと勇ましい自分に酔っている。しかし、そんな興奮は何日も続くものではない。いずれ彼らの頭にも、本当に籠城が正しいのかという迷いが絶対に出てくる。その時に改めて皆で冷静に議論すれば、今日とはだいぶ違った結論に持っていけるはずだと内蔵助は考えた。

そこで内蔵助は、今日のところは解散し、明朝また対応を協議するので全員が赤穂城に登城するようにと申し伝えた。

藩士たちは思い思いに立ち上がって帰り支度を始めたが、その時に広間の入り口から小姓が慌てて飛び込んできて、大きな声で呼びかけた。

「刃傷事件の続報を伝える早飛脚が、ただいま江戸から到着したとのことです！」

三．元禄十四年　三月二十日（討ち入りの一年九か月前）

なんやもう。飛脚もあともう少しだけ遅く来てくれりゃよかったのに。

できるだけ藩士たちを興奮させたくない内蔵助は心の中で舌打ちしたが、こんな風に全員の前で到着を告げられてしまったら、この場で中身を公開するよりほかにない。

内蔵助は手紙を開いてざっと目を通すなり、これは伝えたくないなぁ……と暗澹たる気持ちになった。だが、二百人以上の家臣たちの目が自分をじっと見つめている。

内蔵助は仕方なく、ゆっくりと中身を読み上げる。

「殿は、田村右京大夫さまの屋敷に一旦お預けののち、上様の命により……即日、切腹された。赤穂藩は……取り潰しとの命が下った、とのことじゃ」

覚悟していたこととはいえ、藩士たちから「おお……」と一斉に落胆のため息が出た。涙を浮かべる者、すすり泣く者もいる。

「これから原惣右衛門《はらそうえもん》と大石瀬左衛門《おおいしせざえもん》が二番目の早駕籠として江戸を発つので、詳しい事情は両名より伺われたし、とのこと。それから――」

一瞬、この一文だけは読まずに隠しておきたいと内蔵助は思ったが、どうせ二番駕籠が到着してしまったらすぐに明らかになることだ。下手に隠しだてすると自分が信頼を失う。ありのままに伝えるしかなかった。

「殿が切りつけた吉良上野介の生死は……不明。重篤との話もあるが、起き上がって周囲の者と話をしていたという噂もある。諸説入り混じっており事実はいまだ明らかでない、とのこと」


その言葉に、藩士たちは目の色を変えた。

「なんだと!!」

「殿は吉良を仕留めておられぬのか？」

「しかし、たしか吉良上野介もかなりの高齢。どうせ長くはあるまい。それに喧嘩両成敗じゃから、仮に生きていようが、いずれにせよ奴も切腹よ」

「いや、切腹ならよいという話ではござらぬだろう。意趣あらば、その場で討ち果たしてこそ武門のあるべき姿というもの。討ち損じは物笑いの種じゃ」

「貴様、殿に対して物笑いの種とは何事じゃ！　そこへ直れ！」

「な……拙者はそういうつもりで言ったわけでは……」

「ああ！　吉良めの生死がわからぬとは、なんとも歯がゆい……！」

藩士たちにはこれから家に帰って、一晩頭を冷やして冷静に考え直してほしかったのだが、この報告で彼らの興奮にすっかり火がついてしまった。その場で激しく議論を始めてしまった藩士たちに対して、早く帰れ、議論は明日までお預けじゃ、と内蔵助はうるさく追い払うようにして帰宅させた。

その日の深夜、江戸からの二番駕籠が到着する。今度の使者は足軽頭三百石扶持の原惣右衛門だ。

惣右衛門は五十四歳。頼りない江戸詰家老の安井彦右衛門を陰ながら支える、赤穂藩江戸屋敷における扇の要のような人物である。一番駕籠は緊急事態の速報だったので詳細は不明な点が多かったが、情報を整理したうえで一日遅れて出発し、江戸屋敷の内情もよく知っている彼がもたらした報告によって、江戸の状況はかなり明らかになった。

浅野内匠頭は将軍徳川綱吉《とくがわつなよし》の命により、ろくな詮議もなく即日切腹となったこと。屈辱的な打ち首はまぬがれたが、本来なら大名の切腹は座敷で行われるべきところ、やや格式の下がる中庭で行われたこと。浅野家の江戸屋敷は、準備が整い次第幕府に接収されること。浅野内匠頭の正室、阿久里姫は実家の三次《みよし》浅野家の赤坂屋敷に移り、近々のうちに落飾されるだろうこと。ほどなくして赤穂にも、幕府から派遣された収城使が城の明け渡しを求めてやってくること。

　そして何より、浅野内匠頭が切りつけた吉良上野介は、医者の手当てを受けて額と背中の傷を縫い合わせられ、療養中であること！　還暦すぎの老体であるため、受けた傷が元となって死ぬ可能性は十分にありうるが、いずれにせよ浅野内匠頭に斬りつけられながら、その場では生き延びているということ。


「しかし、吉良の奴もどうせ切腹やろ。喧嘩両成敗や」

「……それが、そうならない可能性もありましてな」

「なんでや惣右衛門！　ありえへんやろ、そんな理不尽！」

「まあ、普通に考えたらありえませんな。ですが、将軍様が吉良に対して、ゆっくり療養せよと優しくお言葉をかけられたという噂もありましてな。何しろ吉良は高家肝煎の中でも別格の扱いですから、依怙贔屓されてお咎めなしになる可能性も、なきにしも非ずと言われておるんです」

「はあ？　そんなんアホすぎるやろ。ありえへん。絶対にありえへんで……」

　惣右衛門と話しながら、内蔵助は自分が思い描いていた筋書きが大きく狂い始めたのを感じていた。

戦国の世からずっと、喧嘩は仕掛けた側だけでなく仕掛けられた側にも日頃の行いに問題があるとして、理由の如何を問わず「喧嘩両成敗」で平等に処罰されるのが武家のならいだ。

子供でも知っているこの長年の慣例に従って、吉良上野介が浅野内匠頭と同じように切腹とお家取り潰しの憂き目に遭うのであれば、不満はあろうともお互い様である。それならば黙って城を明け渡すのも仕方なかろうという話になる。

だが、吉良上野介が死んでおらず、幕府から切腹もさせられなかったとしたら話は格段にややこしくなる。浅野家は一方的なやられ損だ。いくら時間を置いて頭を冷やして考えさせたところで、誰一人として素直に納得はしないだろう。

「……っちゅうか、なんでこの梶川与惣兵衛とかいうアホは殿を止めたんじゃ。こいつがおらんかったら、殿もちゃんと吉良上野介にとどめを刺せたわけやろ？」

「梶川殿は旗本ですから、彼の立場としては止めざるを得なかったのでしょう」

「せやけど、どうせ結局は喧嘩両成敗やないか。斬りつけた時点でもう、殿も吉良上野介も死罪確定なんやから、こんなん止める意味なんて一つもあらへんやん。ホンマ阿呆やでコイツ」

「梶川殿は梶川殿なりに、ご自分の役目を懸命に果たされたのです。大石殿、よく知りもせぬ者に対して、そういう言われ方はいかがかと思いますな」

「お……おう……」

なんや惣右衛門、ずいぶんとその下っ端の旗本の肩を持つんやな、と嫌味を言おうとして内蔵助は思わず言葉を呑み込んだ。なぜか惣右衛門が物凄い形相で自分を睨みつけていたからだ。その無言の圧力に押された内蔵助は、おずおずと言いにくそうに小声で惣右衛門に尋ねた。

「なあ。この話、状況がもう少し明らかになるまで黙っとくわけにはいかんかな?」

「……は?」

「……いや、なんでもあらへん」

何を馬鹿なことを、と言わんばかりの惣右衛門の怒気を含んだ声に、内蔵助は気まずそうに沈黙するしかなかった。


翌日からの議論は、内蔵助が恐れていたとおり、殴り合いになりかねないほどの大混乱に陥った。

昨日は多くの者がその場の勢いに飲まれて、心の奥底にわだかまる違和感をごまかして、仕方なく籠城抗戦に賛成していた。だが、家に帰って愛する家族たちと顔を合わせ、一晩寝て頭を整理してみると、果たして本当にそれが最適な解決法なのかと、彼らの心には明らかに迷いが生じている。

その結果、昨日は籠城して討ち死にすべしという勇ましい声一色だったのが、今日は歯切れの悪い意見がポッポッと出るようになった。しかも、歯切れが悪いくせに妙にしぶとく食い下がるし、思いのほかその数は多い。ざっと見渡した限りでは、穏健に城を明け渡すべきと考える者のほうが六対四でわずかに多いくらいだろうか。

そのまま行ってくれれば、内蔵助の思惑どおりにおとなしく城を明け渡す方向に押し切れていたはずだ。しかしここで、吉良上野介生存の情報が惣右衛門によって持ち込まれてしまったことで、結論は再び見えなくなった。

「籠城せよと仰られる方々は、先ほどから儂のことを卑怯者呼ばわりするが、籠城することで阿久里様、大学様をはじめ、殿の係累に連なる多くの方々にご迷惑がかかるということもおわかりにならぬのか！」

末席家老の大野九郎兵衛《おおのくろべえ》が苛立たしげに声を荒らげてそう叫んだ。

すると、籠城抗戦派からはすかさず「言い訳はよせ」「臆病者が言葉を飾るな」という怒号が飛んでくる。

穏健開城を主張するのは、大野九郎兵衛を筆頭に比較的身分の高い者が中心だった。

彼らは日頃の仕事を通じて、幕府と藩の絶対的な力関係を身に沁みて理解している。だからこそ、幕府に歯向かうことの無意味さと、それによって生じる悪影響の大きさをよく知っているのだ。

対照的に、籠城して徹底抗戦を主張する者には下級の藩士が多かった。浅野内匠頭は、大名としては異例なほどに藩士たちとの垣根を作らない藩主だった。その気さくな人柄に感じ入り、この殿のためなら命を捨てても惜しくないという藩士は多く、それは身分の低い者に特に顕著だった。

死を覚悟している彼らの主張はもとより苛烈なものだったが、惣右衛門が江戸からもたらした情報が、そんな彼らの激情をいっそう焚きつけた。

「殿は！　殿は……ッ！　ご武運つたなく憎き吉良めを討ち損じたうえに、事もあろうに中庭で切腹させられるという屈辱に耐えながら、非業の死を遂げられたのでありますぞ！　そのご無念たるや、想像に絶するものではありませぬか！　こんな話を聞いても皆様は何もお感じめされぬのか？　人の心はおありか？」

涙ながらにそんな風に言われてしまうと、穏健開城派としてはなかなか堂々と反論しづらいものがある。感情論のほうがずっと格好はいいし、それを切々と訴えるほうがずっと善人のように見えるのだ。

それに、浅野内匠頭の残した辞世の句がまた、籠城抗戦派を勢いづけた。「風さそふ花よりもなほ我はまた　春の名残をいかにとやせん」というこの句をもって、彼らは「自分の仇を討ってくれと殿は我々に訴えているのだ」と主張した。

残された家臣たちにとって亡君の遺志は重い。これに表立って異を唱えるのは、きわめて難しいことだった。

結果的に、穏健開城派のほうは黙して多くを語らず、籠城抗戦派が一方的に激しく詰め寄るといった場面が続いた。だが、何も言わない穏健開城派もその心中では「自らの言葉に酔っているだけの、考えの浅い猪武者どもめ」と籠城抗戦派に対する怒りを溜め込んでいる。

かくして、穏健開城か籠城抗戦かの議論は期せずして、上級藩士と下級藩士による階級間闘争の様相を帯びはじめていた。


穏健開城派の人々がだんまりを決め込んでしまったので、口火を切って最初に発言した大野九郎兵衛一人に猛烈な批判が集中した。

藩士を無駄死にさせたくない内蔵助は、当然ながら本音は九郎兵衛と同じ穏健開城派である。だが、筆頭家老である彼がいま軽々しくそれを表明すると、怒り心頭に発した下級藩士たちの暴動にもなりかねなかった。

内蔵助は心中で「大野はん……すまんわ。貴殿を助けてやりたいのはやまやまなんじゃが、これでは無理や。つらいだろうが耐えとくれ……」と九郎兵衛に詫びつつ、黙したままずっと様子を伺うことしかできなかった。

ここ数日の議論は、原惣右衛門が明らかに流れを作っている。内蔵助としては惣右衛門に少し黙っていてほしかったが、その本音を出すわけにもいかない。

惣右衛門は決して雄弁な人間ではなかったが、性格は剛毅で信義に篤く、訥々と語るその言葉には不思議な重みがあった。しかも彼は江戸で、浅野内匠頭が刃傷に至るまでの経緯を自分の目で見ている。目撃者の生の証言には、とてつもない説得力があった。彼はこう証言する。

「殿は刃傷沙汰に至る直前、たび重なる心労で、我々から見ても明らかに憔悴しきっておられた。特にひどかったのは、勅使様と院使様がご到着されるたった二日前に起きた出来事じゃ。

吉良めがいきなり当家に対して、勅使様がお泊りになる伝奏屋敷の畳を張り替えろなどと無理難題を言いだしおったのよ。そこからは江戸屋敷の全員が二日間一睡もしておらぬ。殿はご自分のお役目がおありなのに、夜なべで作業する我らを気遣って、その間ほぼお眠りになっていなかったと聞いておる。

そんな状態でありながら、我が殿は上様の前で執り行われる全ての儀式をご立派にこなされておったのじゃ。それなのに吉良めが……」

怒りを込めてそんな生々しい話を語られてしまうと、どうしても理屈が情に押されてしまう。

平行線の議論に決着がつく気配はなく、不毛な話し合いはついに十日目に突入した。もはや、水と油の籠城抗戦派と穏健開城派が歩み寄れる可能性は万に一つもない。この状況を差配できる者は、筆頭家老の大石内蔵助をおいてほかにはなかった。

「大石殿！　筆頭家老の貴殿は、いかがお考えか？」

殺気立った誰かが、鋭い声でそう叫んだ。

別の誰かが、無言で立ち上がった。

すると、それを見た周囲の者たちも一斉に立ち上がり、全員がむっつりと押し黙ったまま前に進み出て、上座に座っていた内蔵助の周りをぐるりと取り囲んだ。

十重二十重の人垣は何も言わない。ただじっと内蔵助のことを、刺すような目で見つめ続けるだけだ。それで沈黙のうちに、彼に決断を迫った。

内蔵助は脂汗を流しながら苦悶した。

籠城すれば多くの血が流れるが、籠城しなければ今度は、暴徒化した過激派家臣たちによって家中に少なからず血が流れるだろう。どちらに転んでも流血の事態――なんとかして衝突を回避できる落としどころはないのか？

しばらくの呻吟ののち、とうとう彼は顔を歪めながら、ゆっくりと口を開いた。

「儂は……儂は、籠城はよくないと考える！」

ためらいがちに、しかし力強い口調で内蔵助がそう言うと、籠城抗戦派の血気盛んな家臣たちが一斉に「何を！」と声を上げた。内蔵助はすかさず言葉を継いだ。

「しかし！　黙って城を明け渡すのも赤穂武士の名折れ！」

内蔵助の意図を察しかねて、大広間にざわざわと戸惑いの声が広がる。内蔵助はかまうことなく、割れんばかりの大声で自らの考えを叫んだ。

「よって、我々は黙って城を明け渡す。だが、我々は城門の前に並び、江戸からやってきた収城使の前で揃って切腹する！　それによってご公儀に対して、我々の無念と抗議の意を示すのじゃ！」

周囲を圧倒する予想外に太く芯のある声に、昼行灯の内蔵助しか知らない多くの藩士たちはぎょっとして硬直した。その隙をついて、内蔵助は自分の意見を最後まで一息に言い切った。

「ただしこの中には、老いたる父母や病みたる親類縁者を残しては死ねないなど、やむにやまれぬ事情を抱えている者もおろう。よって、この切腹には全員参加せいとは申さぬ。加盟できる者だけでかまわぬ！　趣旨に賛同して切腹への参加を希望する者のみ、その旨の神文を書いて、血判を押して内蔵助に提出されよ。いかがか？」

内蔵助の提案に、さっきまで怒号が飛び交っていた大広間が静まり返った。

籠城に参加すれば逆賊、籠城に参加しなければ卑怯者。そんな八方ふさがりの二択に対して、内蔵助は逆賊にもならず卑怯者にもならない第三の道を示し、しかも全員参加を求めなかった。

この提案でも流血を完全に避けることはできないが、それでも総勢三百人近くの家臣全員をむざむざ籠城で無駄に死なせることはない。まずは死者の数を少しでも減らし、死を望まぬ者には逃げ道を残すというのが内蔵助の狙いだった。

それに、代案として提示したこの集団切腹にしたって、まだやると決まったわけではない。誰一人殺さずに終わるため、内蔵助はこのあと、もう一つの老獪な策を行うつもりだ。

忠義の死をありがたがる時代はもう終わったんや。おぬしらは全員生きろ。あの優しかった殿も、きっとそれを望んでいるはずやで――

内蔵助は改めて自分の中の秘かな決意を新たにし、藩士たちをキッとにらみつけた。

すると、内蔵助の提案を聞いた原惣右衛門が、やおら勢いよく手を叩くと、その発言を大声で褒めたたえた。

「さすがは大石殿じゃ。この案であれば殿に逆賊の汚名を着せることもなく、我々の無念をこの一命を以って天下に示し、赤穂武士の意地ここにありと名を上げることもできようものぞ。拙者は神文を提出するが、皆の衆はいかがか？　かように連日連夜相談しても決着しなかった以上、もはや議論は無用。大石殿の案に同心なされない方は、今すぐこの座を立っていただきたい！」

このあとに内蔵助が秘かに狙っている策は、あまり気持ちのよいものではない。そうやって持ち上げられてしまうと策が進めづらくなるので、褒めちぎるのもほどほどにしてほしいと内蔵助は内心冷や冷やしたが、いずれにせよ惣右衛門がいち早く賛成の意を表明したことで、議論は大きく動いた。

ぐずぐずしていたら抜刀しかねない原惣右衛門の剣幕に、穏健開城派の筆頭だった大野九郎兵衛が、売り言葉に買い言葉といった態で立ち上がった。

「さすれば、儂は去らせていただく！　戦国の世から時代は移り変わっておることもご存じなく、すぐに籠城じゃ切腹じゃなどと古くさい考えにしがみつく方々とは、どうにも相容れぬようじゃな。御免！」

大野が立ち上がると、日頃から大野と親しい十人ほどの藩士たちが慌ててあとを追って、逃げるように大広間を出て行った。

「ふん。臆病者の腰抜け侍どもめが。もしここで奴めが立ち退かなかったら、この場で討ち果たしてやるところだったわい」

勇ましく原惣右衛門がそう言うと、過激な籠城抗戦派の藩士たちは一斉に哄笑したが、内蔵助は内心複雑な思いだった。

大野殿……藩士全員がお主のように、時勢を知って賢く立ち回れる人間やったらどんなに楽なことか。このご時世、取り潰しになった藩にいつまでも忠義立てしたところでなんの意味もあらへん。とっとと見限って、早く次の仕官先を見つけるのが一番やと儂も思うわ。できることなら儂も、こんな融通の利かん藩士どもなんてとっとと見捨てて、今すぐ席を立ちたいねん……。

だが、新参者で末席家老の大野九郎兵衛と違い、譜代で筆頭家老という重い立場にいる大石内蔵助に、それは決して許されぬことだった。

四．元禄十四年　三月二十九日（討ち入りの一年九か月前）

赤穂藩士の多川九左衛門《たがわくざえもん》と月岡治右衛門《つきおかじえもん》は、大石内蔵助から預かった書状を大事に胸に抱え、駕籠と馬を休みなく乗り継いで江戸への道を急いでいた。

赤穂城の受け取りの責任者である収城大目付として、旗本の荒木十左衛門《あらきじゅうざえもん》と榊原采女《さかきばらうねめ》の二人が任命されたという。この報を受けて、九左衛門と治右衛門は二人に内蔵助の嘆願状を届ける役目を命じられていた。

出発前に、内蔵助は細かく指示を出した。

「荒木様と榊原様の屋敷の詳しい場所はわからぬゆえ、江戸に着いてから訪ね歩くのじゃ。彼らの江戸ご出立まで日数がないので、とにかく急ぐのじゃぞ。

それでもし、赤穂藩内の様子を聞かれたら『ご公儀に憚って皆、耐えに耐えておりますが、誰もが怒りに沸き立ち、今にも槍と甲冑を手に城に立て籠もらんとする勢いにございます』と伝えるように」

彼らに持たせた嘆願状の内容は、わざと過激な書きぶりにしてあった。「我が藩は無骨な家臣どもばかりなので、上野介様への処断がはっきりしないと開城を納得させられませぬ」という調子で、幕府に対する籠城抗戦を暗にほのめかしている。

大石内蔵助が指示を伝え終わると、その横にいた原惣右衛門が「それから、この書状はくれぐれも江戸詰家老には見せぬように」と口を挟んだ。

惣右衛門め余計なことを言いおって、と内蔵助は内心苦々しく思ったが、どうせ多川と月岡は、この書状を絶対に江戸詰家老に見せざるを得なくなるから大丈夫だ、と自分自身に言い聞かせた。

内蔵助が示した抗議の切腹という案により、籠城して城を枕に全員で討ち死にするという最悪の選択はひとまず回避された。

だが、それでもまだ籠城抗戦を唱える者はいる。それは児小姓頭の片岡源五右衛門をはじめ、事件の前後に江戸屋敷にいた人間に多かった。日に日に憔悴していく浅野内匠頭の気の毒な姿を実際に見てきた江戸屋敷の人間は、人づてに主君の最期を聞かされただけの赤穂の人間よりも、どうしても発想が過激になるようだった。

彼ら江戸の家臣たちは、激烈な言葉で周囲の人間を焚きつけて、一度は決まった結論をひっくり返そうとしている。今はまだその人数は少ないが、江戸からは身辺整理を終えた者たちがこれから続々と赤穂に戻ってくる。そうなった時、有志による切腹で一度は固まった藩内の意見が、再び籠城抗戦のほうに流されてしまう危険性は十分にあった。

幕府の収城使が赤穂に着くのはおそらく四月の中旬。それまでの間、血の気の多い籠城抗戦派の連中を、内蔵助はなんとか説得してなだめ続けなければならない。そのためにも彼としては、強情な彼らですら渋々引き下がらざるを得ない強力な後ろ盾を作る必要があった。収城大目付への嘆願状提出は、そのために内蔵助が仕組んだことだった。

多川と月岡よ、うまく「下手な立ち居振る舞い」をやらかしてくれよ……そのために儂はわざわざ、特に融通が利かず、江戸にも不慣れなお前たちを使者に選んだのだ

――

そんな内蔵助の思惑を知る由もない多川九左衛門と月岡治右衛門は、ろくに休憩も取らず愚直に早駕籠と馬を乗り継いで、四月四日の夜に江戸にたどり着いた。刃傷沙汰の第一報を赤穂にもたらした早水藤左衛門と萱野三平ほどではないにせよ、かなり無理して急いだ旅路だった。

収城使が江戸を出るのはおそらく四月の頭なので、それよりも先に江戸にたどり着いてこの書状を届けよと二人は命じられている。その無茶な命令に従うためには、なりふりかまわず道を急ぐよりほかなかったのだ。

「治右衛門、今日はもう遅い。宿の主人に荒木様と榊原様のお屋敷の場所を尋ねて、明朝お伺いすることとしよう」

「はい。しかし、我々のこの身なりでは、お二方にお会いするのはさすがに失礼に当たるのではありませぬか」

そう言われて多川九左衛門は考え込んでしまった。連日、着替えもせずひたすら道を急いだので二人は全身泥まみれだ。侍の証である大小を腰に差していなければ、まるで浮浪者と見分けがつかない。替えの着物は一応持ってきてはいたが、旅を急ぐために簡素な包みに入れただけだったため、過酷な旅の途中ですっかり泥だらけになってしまった。

「これは、藩士の誰かの家に行って、替えの着物を借りるよりほかはあるまいな」

鉄砲洲にあった赤穂藩の上屋敷が幕府に没収されたあとも、赤穂藩士たちはその周辺に固まって暮らしている。二人はその一角にある知り合いの藩士の家を訪ね、着物を借りることにした。突然の来客に驚きつつも迎え入れてくれた藩士は、不安そうな声で多川九左衛門に尋ねた。

「お主ら、江戸まで来たのに、江戸詰家老様のところに顔を出さないでいいのか？」

「いや。今回お届けする書状は、わけあって江戸の家老様たちには見せるなと、原様から命じられているのだ」

「しかし書状は見せないにしても、顔も出さずに帰ったとあらば、江戸詰家老様たちも気分を害されるであろうよ。それでもいいのか？」

「う……」

多川九左衛門が逡巡していると、外からドンドンと戸板を叩く音が聞こえてきた。「赤穂から使者が来たらしいじゃないか」と、顔を出したのは近所に住む別の藩士だ。二人の到着は、どこでどう聞きつけたのか、半刻もたたぬうちに江戸の赤穂藩士の間ですっかり噂になってしまっていたのだった。江戸にいる藩士たちも、明日の見えない不安定な浪人暮らしの中で過敏になっている。少しでも新しい動きがあれば、それは電光のように瞬時に人づてで広まった。

そして翌朝、早くも噂を聞きつけた江戸詰家老の安井彦右衛門の家の者が、多川九左衛門と月岡治右衛門の泊まる家に様子を見に来てしまった。

「かくなるうえは、安井様には事情をお伝えせねばなるまい。原様からは書面を見せるなと命じられているが、赤穂本国が出す書状の中身を江戸詰家老が知らされていないというのも、よくよく考えれば奇怪な話で、そのことのほうがよほど問題じゃろう。組頭の原様には叱られるかもしれないが、家老の大石様は許してくださるだろう」

そう覚悟を決めた多川九左衛門は、朝一番で月岡治右衛門とともに安井彦右衛門の家に行って、自分が命じられた役目と、内蔵助から託された手紙の中身を全て説明してしまった。

話を聞いた安井彦右衛門は、さっと顔色を変えてぶるぶると震えはじめた。

「そ……そんな書状、出してしまっては大変なことになる！」

「しかし、大石様がこれを収城大目付様にお届けしろと……」

「大石殿がそんな大それたことを？　いったい何を考えているのだ赤穂の連中は。だが、幸か不幸か、収城大目付のご一行はもう三日前に江戸を発たれておる」

「え⁉　そんな。それでは行き違ってしまったというのか。今すぐ追いかけねば」

「待たれよ多川殿。行き違ったのはむしろ不幸中の幸い。我々江戸詰家老は、亡き殿の弟君である大学長広《ながひろ》様をご当主に、一旦取り潰しとなった赤穂藩を再興できないものかと一縷の望みをつないでおるところじゃ。それなのに今こんな、お上に対する謀反をほのめかすような穏やかでない書面を出してしまったら、大学様のお立場は悪くなるばかり。こんなもの、絶対に届けてはならぬ！」

江戸屋敷にいた者の多くは籠城抗戦などの過激な主張を唱えていたが、江戸詰家老の安井彦右衛門と藤井又左衛門《ふじいまたざえもん》の二人は一貫して、幕府の指示におとなしく従うべきだという姿勢だった。

「ですが、我々も大石様から書状を届けるよう命じられております。すれ違って届けることができず、何もせず帰ったとあれば大石様に合わせる顔がございませぬ」

「そんなことは知らぬわ。まったく、赤穂の連中はこちらの気持ちも汲まずに好き勝手なことをベラベラと……。

ならばよろしい。それではこの書状を戸田采女正《とだうねめのかみ》様にお届けして、ご指示を仰ぐというのはいかがか。大学様は閉門中のためお会いすることはできないが、殿の従兄弟である戸田様であれば、謹慎中ではあるがお会いすることはできる。戸田様のご意見とあらば、たとえ大石殿であっても逆らうことはできぬだろうし、収城大目付に書状を届けられなかった貴公らの手落ちもお目こぼしになろうぞ」

多川十左衛門と月岡治右衛門の二人は、思わぬ事の成り行きに目をぱちくりするよりほかになかった。江戸詰家老にものすごい剣幕でそう言われてしまったら、端役の彼らには断ることなどできようもない。

安井彦右衛門は使者の二人から文箱をひったくるように奪い取ると、それを持って戸田采女正の屋敷に行き、洗いざらい全てを説明してしまった。それを聞いた戸田采女正も仰天し、ただちに大石内蔵助をはじめとする赤穂藩の藩士たちに向けて手紙を書いた。

穏健に開城することこそが、ご公儀を重んじ、幕府に忠誠を尽くした浅野内匠頭の願いだったはずで、むやみに騒擾《そうじょう》を起こすことは彼の遺志を踏みにじることになる、くれぐれも自重せよ――そんな主旨の書状を持たされて、多川と月岡の両名はすごすごと赤穂に帰っていった。

これこそまさに、大石内蔵助が狙ったとおりの展開だった。

四月十四日になると、江戸屋敷にいた堀部安兵衛《ほりべやすべえ》、高田郡兵衛《たかだぐんべえ》、奥田孫太夫《おくだまごだゆう》の三人が赤穂に帰ってきた。

彼らは抗議の切腹という赤穂本国の結論を聞いて腹を立て、内蔵助の屋敷に怒鳴り込んでくると、ろくに話を聞こうともせず三人だけで好き勝手にわめき散らしていた。

「抗議の切腹など、生ぬるうござる！　全員で団結して戦い、潔く果てることこそ、赤穂武士の誉れではありませぬか！」

「なぜ性急に、そのような結論を出されてしまったのか。今からでも評定をやり直すべきでござろう！」

「赤穂の者どもは腑抜けじゃ。話にならぬわ！」

ただでさえ過激な意見を持つ者の多い江戸屋敷詰めの家臣たちの中で、この三人はきわだって血気盛んだった。彼らは事件の直後にはもう、吉良上野介の屋敷に討ち入って彼の首を取ってやろうと画策を始めている。

だが、人が集まらなかった。吉良家の屋敷に勤める者の数は百人とも二百人ともいわれるのに対して、赤穂藩の江戸屋敷の人数は総数でも五十人ちょっとにすぎない。しかも吉良家の背後には米沢上杉《うえすぎ》家十五万石がいて、うかつに攻撃を仕掛けたら直ちに援軍が駆けつけてしまう。どう見ても勝ち目のない戦に集まった者は、ものの十人ほどしかいなかった。

困り果てた三人は、江戸詰家老の安井彦右衛門を盟主に担ぎ上げて人を集めようとしたが、彦右衛門は話を聞くや否や、真っ青になってぶるぶると震えはじめた。討ち入りなぞを行ったらご公儀に畏れ多いだけでなく、あっけなく返り討ちにされてさらに恥を重ねるだけじゃと言って、取り付く島もなかった。

それで彼らは大急ぎで本国の赤穂に帰り、今度は赤穂の家臣たちに向かって、籠城して徹底抗戦することを声高に主張しはじめたのである。

内蔵助は、目の前の三人が抱えているそんな事情を全部知っている。

彼は江戸に張り巡らしている情報網から、堀部安兵衛ら江戸の過激派がいずれ赤穂に殴り込んでくることを完全に見切っていた。それでわざわざ多川と月岡の二名を江戸に送り込んで、収城大目付への嘆願状がわざと人目に触れるように仕組んだのだ。対策は万全だった。

三人が義憤で顔を真っ赤にしているというのに、内蔵助は普段と変わらぬ冷静な態度で、いかにも残念そうな顔を作って首を振った。

「そうは言うてもなぁ……。籠城して潔く討ち死にしたい気持ちは儂にも当然あるんやけど、何しろ戸田采女正様から自重せよという書状が来ておるのに、筆頭家老の儂がそれを無視したらアカンやろ」

「ぐ……。しかしなぜ大石様は、戸田様にご意見などお伺いされたのです。城の明け渡しはお家の問題。戸田様は殿の従兄弟とはいえ、浅野家の問題はそもそも戸田様にご相談して決めるようなことではありますまい！」

怒りをあらわにして威圧的に詰め寄ってくる堀部安兵衛に、内蔵助は苦りきった様子を演じながら答えた。

「それは不可抗力なんや安兵衛。儂もな、籠城することで赤穂藩士たちの意地を見せて、それでご公儀に吉良めの処分を考え直してもらえればと思ってなぁ、多川と月岡に嘆願状を持たせて収城大目付様のところに急ぎで送ったんや。

それなのにアイツら、収城大目付様とすれ違いおって嘆願状は届けられへんかったうえに、書状を安井のアホに見せてもうたんやわ。ほんでまた、安井の奴はビビリやから、その書状をあっさり戸田様にお見せしてもうた」

「安井殿……またもや、要らぬことばかりする……」


内蔵助は心の中では目の前の三人を軽蔑していた。

お前らは忠だの義だのを安易に振り回しているが、結局は暴れ回りたいだけの狂犬じゃろうが――それが内蔵助の本音だったが、彼は決してそんな思いを表情に出しはしない。思慮深い筆頭家老が下した苦渋の決断といった態で、彼は堀部安兵衛らの籠城の主張を静かに退けた。

「戸田采女正様を通じて、籠城の件はもう浅野大学様も知るところじゃ。

それなのに我々が籠城を強行してしまったら、家臣の暴発を抑えきれず騒擾を起こしてしまったと言われ、大学様が罪に問われることになりかねない。あるいは籠城は大学様の指図ではないかなどと、あらぬ疑いをかけられる恐れもある。

籠城は大学様の身を滅ぼし、浅野家の名跡まで失うことになりかねないのじゃ。悔しいだろうが辛抱してくれ……」

まじめくさった顔で三人をたしなめながら、やはり細工を準備しておいてよかったと内蔵助は心の底で安堵のため息をついた。家臣である自分の言葉では彼らのような過激派を納得させることは難しいが、主君の親戚筋からの言葉であれば、さすがの強情な彼らも従わざるを得ない。

「ですが大石様、それでは我々の忠義の心は、殿への思いはどうなるのです！」

涙ながらに訴える堀部安兵衛に向かって、内蔵助は優しく諭すように言った。

「戸田様と大学様のお二人からは、滞りなく城を開けるようにとの書状が来てしまっておる。それなのに、それに従わぬのはさすがに忠義ではなかろうよ。

今でこそ大学様は閉門中だが、いずれ殿の跡目を継いで浅野家を再興するという一縷の望みもまだ残っておる。ここは辛抱して、この儂に判断を預けてくれぬか安兵衛。

無念だとは思うが、ここは籠城をやめて城を滞りなくご公儀に明け渡すのじゃ。今しばらく、この先の成り行きを見極めて、そのあとに判断をしてもよいではないか」

五．元禄十四年　四月十八日（討ち入りの一年八か月前）

四月十六日、赤穂城の城門にたどり着いた収城大目付の荒木十左衛門と榊原采女は、あまりにも穏やかな赤穂藩の対応にすっかり拍子抜けしていた。

藩主の乱行による突然のお家取り潰しに、吉良上野介に対する不可解なまでに寛容な処分。出発前の話では、納得できない赤穂藩士たちが殺気立ち、城に籠って徹底抗戦もやむなしという不穏な空気になっていると聞かされていた。

そのため近隣の諸藩は、万が一の事態に備えて国境まで兵を出して戦いに備えていたのだ。収城大目付の二人も、怒り狂った藩士たちからいつ襲撃を受けてもおかしくないと、多数の護衛を随伴させ、流血沙汰も覚悟のうえでここまでやってきていた。

だが、実際に荒木十左衛門と榊原采女が赤穂藩に着くと、国境には組頭の奥野将監が迎えに来ていて、彼らにうやうやしく歓迎の意を示した。奥野将監は懇切丁寧に赤穂の地理の説明をしながら二人を城まで案内したが、領内はどこも落ち着いた様子で、取り潰されて今まさにこの地を去ろうとする大名家のものとはとても思えない。

「荒木十左衛門様、榊原采女様。このたびは赤穂の片田舎まで遠路はるばるご来駕賜り、恐縮至極にござります。拙者、赤穂藩浅野家の筆頭家老を務める大石内蔵助良雄《よしお》と申します。まずは、このたびの件で天下を大いに騒がし、ご公儀に多大なるご迷惑をおかけしてしまったことを、主君、浅野内匠頭長矩《ながのり》に代わりまして深くお詫び申し上げます」

裃を着て城門で待ち構えていた大石内蔵助が開口一番、深々と頭を下げながら謝罪の言葉を口にした。意表を突かれた荒木十左衛門は思わず言葉に詰まり、苦しゅうない、貴公も急な騒動でさぞ大変であったろうと、思ってもいなかったねぎらいの言葉を発していた。

当初、収城使たちの前で一斉に切腹して幕府への抗議の意を示すのだと言っていた内蔵助だったが、結局それはうやむやになって、話自体がいつの間にかなかったことになっていた。

自分自身が出したその提案を、内蔵助はまるで忘れてしまったかのように徹底的に黙殺したのだった。そして「城の引き渡しにあたって粗相があっては浅野家の恥じゃ。

耐え忍んで城を明け渡すのだからこそ『さすがは浅野家じゃ、引き際も美しい』と世間に称賛されるよう、しっかりと完璧な状態でご公儀にお渡しせねばならぬ」と言って、すみずみまで城を掃除し、一つの漏れもなく帳簿を整理することを厳命した。

そんな内蔵助の様子を見て、大石殿は本当に切腹をするつもりはあるのか？ と真意を疑う者もいた。だが、筆頭家老自らが全員の前で宣言したのに「よもや切腹のことをお忘れではございませんか？」などと確認を取るのもなんだか間抜けな話だ。それでもし内蔵助が忘れていなかったとしたら、無礼者と激怒されても仕方がない。

誰も内蔵助本人にはっきりと確認できないまま、それでもきっと切腹するのだろう、というぼんやりした状態で、幕府の収城使が到着するまでの三週間弱の日々が淡々と過ぎていった。日常会話として嬉々として話すような話題でもないため、その間、奇妙なほど誰もが切腹の話をしなかった。


そんな状態で三週間も経つと、人の心は変わってくる。

集団切腹に賛同する神文を提出した者は六十人ほどいた。最初のうちは当然ながら彼らの決意は固かったが、城の引き渡しに向けた雑務に日々忙殺され、普段と変わらぬ家族との平穏な日常が過ぎゆくうちに、「本当に自分は切腹などするのだろうか？実はこれは夢ではないだろうか？」という奇妙な現実感のなさに囚われていった。気がつけば一時の興奮状態もすっかり冷めていて、お家のため、自らの誇りのために死ぬべきだなどと思い詰めていた二十日ほど前の自分が、なんだか馬鹿馬鹿しいもののように思えてきた。

もちろん、最後まで決意が揺るがなかった者もいる。そういう者は、切腹の準備を一向に命じようとしない内蔵助に憤っていたが、そこまで純粋で強固な信念を持つ人間はごく少数だ。あれはどうなったのだと周囲の者に尋ねても、大多数がみな白けたように「さあ、どうなったのだろうか」などと無気力な回答をする中で、わずかな人間がワアワアと声高に騒いだところで何も起こらなかった。

内蔵助がやらないのなら自分たちだけでもやろうという意見もあったが、集団切腹のような抗議行動は、筆頭家老の内蔵助の指揮のもと、公式の形で行ってこそ意義がある。名もなき下っ端の者だけが集まって勝手に腹を切ったところで誰一人見向きもしない。道端の石ころのように黙殺されて終わりだ。

結局、収城大目付が到着するその日まで、自分自身が言いだしたはずの切腹についいて内蔵助が一言も触れることはなかった。内蔵助の予想どおり、周囲の者も切腹を催促してくることはなかった。そして、あれだけ熱い議論の末に出された抗議の切腹という結論は、最後は触れてはいけない禁句のようになって幻のごとく消滅したのである。

これこそが、一人も藩士を死なせないために内蔵助が仕組んだ「老獪な策」だった。

収城大目付の二人は、到着の日の夜から二日間、内蔵助以下の主だった家臣たちから下にも置かぬ丁重な歓待を受けた。一時的に城を預かることになった隣藩の脇坂淡路守《わきさかあわじのかみ》と木下肥後守《きのしたひごのかみ》、その間の幕府の代官を務める石原新左衛門《いしはらしんざえもん》と岡田庄太夫《おかだしょうだゆう》が到着すると、十八日には城内の検分が始まった。

内蔵助が厳しく清掃と整頓を指示した城内は、どこも手入れがゆきとどいていて、きれいに掃き清められ落ち葉ひとつない。武具や備品は倉庫に整然と並べられており、提出された目録の内容と唯一つの狂いもなかった。応対した赤穂藩士たちは、こんな仕事に熱心に取り組んだところでもうなんの扶持も発生しないというのに、誰もが真面目で親切に、自らの職責を最後まで律義に果たしていた。

そのうち、荒木十左衛門と榊原采女の心に、健気に残務処理をこなす彼らに対する同情の念がだんだんと生まれてきた。到着直後はまるで敵の降伏を受け入れる大将のように高圧的だった態度がいつの間にか穏やかになり、居丈高だった口調も徐々に優しくなっていった。

内蔵助がずっと待っていたのは、この心境の変化だ。

――そろそろ、頃合いやな。


収城大目付を丁寧にもてなし、完璧に城の引き渡しを済ませることで、健気で殊勝な赤穂藩を強烈に印象づける。そして、彼らが自分たちに心を許して、気の毒だなという同情心が芽生えたところで、浅野家の再興に向けた幕府への口利きを哀願する――それこそが、内蔵助の狙う次の一手だった。


収城大目付と代官の四人が、城の検分の合間に本丸御殿の「金の間」で休憩している時を見計らって、内蔵助は茶と菓子を勧めながら話を切り出した。

「ときに、荒木様、榊原様、石原様、岡田様。憚りながら申し上げます。我々赤穂藩士は一同、突然のお家の取り潰しで明日をも知れぬ浪人の身に落ちぶれながらも、みだりに騒擾せず、かくのごとく城を清め、香を焚いて皆様をお迎え致しました。これもひとえに、我が主君、浅野内匠頭のご公儀に対する忠心に思いをはせ、ご公儀よりお預かりした城を清めてお返しすることこそが、主君の真の願いであろうと考えた故にござります。

殿中であることを憚らずに狼藉に及んだ主君の罪は、無論決して許されざるものと承知してはおります。ですが一方で、喧嘩両成敗こそ武士の世のならいでありながら、吉良上野介様は一切お咎めなしとのこと。これはあまりにも、我が浅野家に厳しい裁定ではございませぬでしょうか。

赤穂五万石などとは申しませぬ。ほんのわずかな捨て扶持でもかまいませぬ。このみすぼらしき素浪人どもを哀れんで、せめて主君の弟君である浅野大学様を継嗣として立て、浅野家の存続を認めてもらえるよう、ご公儀に口利きをして頂くことは叶いませぬことでしょうか？　そして、大変僭越なことながら、吉良殿にも相応のご沙汰が下されますよう、理を説いて頂けませぬでしょうか？」

雨に濡れて震える幼い捨て犬のような弱々しい声を作って、内蔵助は平伏して四人に切々と訴えた。だが、自分の得にならない面倒事を抱え込みたくない小役人の彼らは、黙りこくったまま何も答えなかった。気まずい沈黙がしばらく続いたあと、荒木十左衛門は黙って席を立って大書院のほうに行ってしまった。残りの三人も慌てて立ち上がって後を追う。

部屋にひとり残された内蔵助は、四人がいなくなったあともしばらく畳に額を擦りつけて平伏したまま、ぎりりと歯を食いしばって呻いた。

「……ふん。ま、予想どおりの反応やな。でも、城の明け渡しが終わる明日まで、まだ機会は何度もある。やせ犬のように何度でも情けなく地べたに這いつくばって、奴らを徹底的に気まずい気分にさせてやるんや。儂は絶対に諦めへんでぇ……！」

それからの内蔵助は、赤穂藩の者が「そこまでせんでも」と眉をひそめるほどにしつこく四人に媚びを売り、すがりつくようにして懇願した。

荒木様と榊原様のお気持ちに赤穂藩士三百人の命が懸かっております、どうかお情けを、お慈悲を、無辜な我々をどうか哀れんでくだされと、不憫な自分たちの姿をこれでもかと強調しながら、ぐいぐいと彼らの良心の呵責を引き出し続けた。

そこには内蔵助の冷徹な計算もある。江戸では、吉良上野介に甘すぎる幕府の裁定に庶民たちの怒りが爆発しており、火消し名人として人気のあった浅野家に対する同情論が高まっていると内蔵助は聞いていた。そんな世論に流されて、浅野家に好意的な言動をする者が幕閣の中にもじわじわと増えてきているらしい。

この収城大目付たちも、そんな幕閣の空気は敏感に感じ取っている。彼らだって、成功の見込みが全くない無用の面倒事ならば抱え込みたくはないだろう。だが、完璧すぎるほど立派に赤穂城の引き渡しをこなせば、そこに「ここまで殊勝な態度を取っているのなら、ひょっとしたらご公儀のお赦しも得られるかもしれない」という希望を見出すかもしれない。

浅野家はいまや江戸中の人気者だ。もし首尾よく幕府のお赦しが得られれば、口利きをした二人は浅野家を救った立役者として大いに株を上げることができる。それだったら少しは尽力してやってもいいか、という欲が出てくるはずだと内蔵助は読んでいた。

だが、荒木と榊原の役人根性は内蔵助の予想をはるかに超えていた。

彼らだって浅野家の不運には同情していたし、内蔵助の悲痛な訴えを無視することに対する良心の呵責はある。しかし、そうはいっても、今までなんの縁もゆかりもなかった浅野家の面倒事に首を突っ込む義理などないし、下手に手出しをしたら自分の身を危険にさらす事にもなる。断るのが一番無難であることに変わりはない。

内蔵助は二日間、ひたすら頭を下げながらあの手この手で情に訴え理を説き、何度無視されても諦めなかった。ここで荒木十左衛門を味方につけ、幕府に対して意見を上げてもらうことが、赤穂藩士三百人の命を救うために、どうしても必要だったからである。

それでも内蔵助が期待していたような展開は起こらず、あっさりと検分は終わった。四人にここで帰られてしまったら、浅野家再興の一縷の望みは絶たれる。そうなれば自分の前には、何も生み出さない馬鹿馬鹿しい討ち入りの道しか残されていない。

内蔵助は声を震わせながら「最後に茶でもおあがりくださいませ」と強引に四人を引き留めて部屋に案内した。気がつけば涙がこぼれていた。だらしなく鼻水をすすりながら、この二日間に何度も繰り返した訴えを、これが最後とばかりに嗚咽まじりに切々と説く。

「何卒ッ！……何卒！　皆様この浅野家をお救いくだされませぬか！　お頼み申す……お頼み申すッ！　赤穂藩士三百名を代表して、この大石内蔵助の最後の願いにございます！」

一国の筆頭家老ともあろう人間の、全てをかなぐり捨てた必死の懇願だった。とうとう代官の石原新左衛門のほうが気まずさに耐えられなくなり、遠慮がちに声を上げた。

「荒木様。大石殿はここまで必死であるし、ここだけの話、浅野家の取り潰しまでの経緯にはたしかに憐憫を禁じ得ない面もある。城の引き渡しに際しての対応も完璧であったし、少しはご公儀に取りなしてやってはいかがか？」

「……」

「普通の大名家お取り潰しであれば、そこまでしてやる義理はありませぬが、今回は事情が事情ですからな。多少取りなしてやったところで、罪人の肩を持つのかといった悪い受け取られ方はされぬはずです」

そう言われた荒木十左衛門は、それでも渋い顔をしてはいたが「まあ、そうであろうな。わかった。江戸に戻ったら若年寄様にご相談してみよう」とぶっきらぼうに答えた。

「ありがとうございます荒木様！　ありがとうございますッ！」

絶対に誰一人死なせやしないという内蔵助の虚仮《こけ》の一念が、かろうじて強引にこじ開けた錐の一穴だった。

六．元禄十四年　五月二十一日（討ち入りの一年七か月前）

「儂の人生、つい二か月ほど前まではめっちゃ運よかったのに、もう最悪やで……」

病床の大石内蔵助は泣きそうな声でボソッと弱音を吐いた。その横で裁縫をしている妻の理玖《りく》が「どうしました？」と聞いてきたので、内蔵助は慌てて「なんでもあらへん」と言葉を飲み込んだ。

本当は、妻に愚痴を聞いてもらいたい。

「もう、腕がこんなになってもうたら、刀もろくに握れん。ほんでもって、腕の膿がだんだん体にも移っていって、きっと儂は全身膿だらけになって死ぬんや。どうせ死ぬんや……そんなん嫌やわぁ……」

などと子供みたいに泣き叫んで理玖にすがりつきたい。そして理玖に優しく、

「よしよし、今まで頑張っておられましたものねぇ旦那様は。大丈夫ですよ、疲れが取れれば、こんな腕はすぐ治りますから」

と声をかけてもらって、頭をなでてもらいたい。

だが、そんなことができるはずもなかった。

内蔵助は、尊敬する理玖の前では常に、凛々しい「赤穂家筆頭家老の大石内蔵助」でいたいのだった。大石家の妻としての務めを立派に果たしてくれている理玖に対して、弱音などを吐いて幻滅させたくなかった。

だいたい、模範的な武家の女である理玖のことだ。内蔵助が子供みたいに泣き叫んでみたところで、優しく頭をなでてくれるどころか、ニコリともせず、

「旦那様。あなたは浅野家の筆頭家老なのですよ。こんな危急存亡の秋に病などで臥せっている場合ではありませぬ。そんな弱音を吐くような惰弱な心では先が思いやられます。しっかりしてくださいまし」

などと言って、ぴしゃりと内蔵助をはねつけるに違いなかった。


昼間から布団をかぶって寝ている内蔵助の左腕は大きく腫れ上がり、膏薬と包帯でぐるぐる巻きにされている。十日ほど前から彼は左腕にひどい疔《ちょう》（毛嚢炎）を発症し、できものだらけの腕はあちこちで膿んで、まるで腐ったようになってしまったのだった。一旦は治りかけたものの再び発症していっそうひどくなり、そのせいか微熱も出てきたので、今は自宅で布団をかぶって静養している。

普段は健康そのものの内蔵助が珍しく疔などに罹ったのも、この二か月間の激務と、想像を絶する心労が原因に違いなかった。

赤穂城の接収が終わったあとも、内蔵助以下の主だった家臣たちは心の休まる暇など一つもなかったのだ。彼らは浅野家の祈願寺だった遠林寺に会所を移して、引継ぎの残務処理を続けた。

赤穂藩の経理関係は、優秀な事務屋である末席家老の大野九郎兵衛が全てを把握して管理していたのだが、九郎兵衛は過激な籠城抗戦派の連中に命を狙われることを恐れて逐電してしまった。そのせいで残された内蔵助たちは、城中に保管された膨大な帳簿を読み込んで、一つ一つ内容を理解して処理をしていくという余計な手間をかけねばならなくなった。

藩が保有する船や米、武具などは売り払い、金は藩士たちに分配する。内蔵助はその金のうち、七百両ほどを手元に残しておいた。亡き主君の菩提を弔うための法要の費用と、浅野家再興のための活動資金である。

赤穂藩が全ての残務処理を終えて解体したのが五月二十一日。それとほぼ前後する頃に、まるでその時期を見計らっていたかのように内蔵助の腕にはブツブツと発疹が出始め、そして彼は寝込んだ。

「なあ理玖。殿の百日法要を終えたら、儂らも赤穂の地を出ていかなあかん。そしたら、儂は京の山科に住もうと思うねん」

「よろしいのではないでしょうか。山科には親戚の方々もおられますし、京に住んでいれば、吉良上野介様を討つためにお仲間とご相談をされるのにも便利でしょうから」

当然のことのように理玖がそう言ってくるのが、内蔵助はつらかった。

「ちょお待て理玖。儂は吉良上野介様を討つなんて一言も言うとらんぞ。京に住むのは、大学様を盛り立てて浅野家を再興する活動をするためや。浅野家の再興さえ成れば、路頭に迷った藩士たちがみんな救われるからな。儂はなんとしても、お上の温情を勝ち取ったるつもりやわ」

誇らしげにそう言う内蔵助に対して、理玖は浮かぬ顔をしている。

「お家のご再興でございますか……ですが、仮にご再興が成ったところで、吉良上野介様になんのご沙汰もなければ、浅野家の面目は丸つぶれのままではないですか。旦那様はそれでもよろしいのですか」

理玖の澄んだ目でまっすぐ見つめられると、内蔵助は弱い。

理玖は武家の娘としての厳しい躾を受けて育ち、親に叩き込まれた武士の美徳を素直に信じて疑うことがなかった。その信条は竹のようにまっすぐで、一切ぶれることがない。

　老松のように曲がりくねった自分の気性をずっと恥じて生きてきた内蔵助には、そんな迷いのない理玖の姿がまぶしく輝いて見えるのだった。こんな卑怯な自分よりも理玖のほうがよっぽど侍にふさわしい、自分と理玖の立場が逆だったらどれだけよかったか、などと内蔵助はいつも思っている。

　慌てて内蔵助は理玖に言いわけをした。

「もちろん、儂が動いているのは浅野家の再興だけやないで。当然、それと合わせて吉良様にも応分のご沙汰をくださいませ、というお願いもやっとるわ」

「……それは、まことでござりますか？」

「なんやなんや、本当やで。ちゃんとそっちも抜かりなくやっとるわ」

「嘘はございませんか？」

「う……」

　理玖のまなざしの強さに、内蔵助は思わず寝返りを装って目をそらした。

　理玖は藩内でも評判の良妻賢母だ。大石家の内向きの仕事を遺漏なく見事に取り仕切り、二男二女を立派に育てている。そろそろ元服を迎える長男の良金《よしかね》は、母親に似て心のまっすぐな偉丈夫に育った。だが、そんな頼れる妻である以上に、内蔵助にとって彼女は、ひねくれ者の自分にはないものを持っている、尊敬すべき憧れの存在だ。彼女に嫌われたくない一心で、自分の不甲斐ない本性を見せたら失望されるという恐怖に追いまくられながら、内蔵助はもう二十五年近く、妻の前でずっと無理に背伸びをし続けている。

そんな実情を知らない理玖が、口をとがらせて内蔵助をとがめる。

「だって、旦那様のお話はいつもお家再興のことばかりで、侍の筋目については何も考えておられないように思えますもの。江戸の方々も、それでいろいろと気を揉んで口うるさく言ってこられているのではないですか？」

ああ、理玖。お前も江戸の堀部安兵衛や高田、奥田の肩を持つんかい。

藩士たちの命を助けたいと考える儂には、誰も味方はおらんのやな――

たしかに、理玖の言うことは正論だ。武士という階級の本来の役割を考えればぐうの音も出ない。もう今はそんな時代じゃないというのは一面の事実かもしれないが、「そもそも武士とはなんぞや」という原点に立ち返ってみれば、そんなものは全て醜い言いわけにすぎない。

武士なんだから、死んでも主君の仇を討つのが当然じゃないですか。

討ち入りの件について理玖とまともに議論したら、なんの迷いもなく即座にそう言い切る彼女の姿が容易に想像できた。それが嫌だから、内蔵助はこの件について彼女とは一切話し合わない。話し合ったら自分が言い負かされるのが目に見えている。理玖を尊敬する気持ちに変わりはないが、内蔵助はほんの少しだけ、そんな彼女のぶれない立派な態度にやりきれなさも感じるのだった。

そりゃもう、どこをどう考えても言っとることは理玖のほうが正しい。全部理玖の言うとおりや。……せやけど、討ち入ったら儂は罪人になって死ぬんやぞ。

儂が死んでも、コイツ寂しくはないんかな——

気がつけば、口をついて言葉が出てしまっていた。

「……あんなぁ理玖。物事には順序っつうもんがあるんやで？」

内蔵助は珍しくうんざりした表情をあらわにして、これ見よがしに大きな溜め息をついた。内蔵助が理玖の言葉に口答えをするのは大変珍しいことだ。理玖が一瞬だけ驚いた表情を浮かべた。

一度うっかり口が滑ってしまったら、もう止まらない。理玖にあまり格好悪い姿を見せたくはないのだが、勢いのついた言葉が次々と漏れ出てしまう。

「せっかく儂がお家再興のためにこんな頑張っとるのに、侍の筋目が大事やぁ言うて今ここで吉良の屋敷で乱暴狼藉をはたらいてみい。途端に、ご公儀に歯向かうとはけしからん奴めってなって、赤穂藩の印象は最悪やないか。ほんで儂の今までの頑張りは全部おじゃんや。

儂は別に、吉良の首がどうでもええとは一つも言うとらんわ。そうやなくて単に、ご公儀の沙汰が下るまで討ち入りは待てっちゅうとるだけやねん。

それなのに、江戸におる堀部、高田、奥田の三馬鹿どもはちーっともそういうこと理解しようとせえへん。今すぐ吉良を殺さなおさまらん、やれ討ち入りじゃぁ、なぜ討ち入りせんのじゃぁ、と文句ばーっか言うてきよる。あいつらホンマなんとかしてほしいわ」

理玖が、明らかにムッとした表情に変わった。声色がきつくなった。

「私は、江戸の皆様のお気持ちもわからなくはないですけどね。侍の本分は主君をお守りし、主君が無念の最期を遂げればその無念を晴……」

「はあ。そらそーやな。全部理玖の言うとおりや、儂が悪かったわ。すまんすまん」

内蔵助は乱暴に理玖の言葉を打ち切ると、不機嫌そうに寝返りを打ってそっぽを向き、布団を頭からかぶった。真っ暗な布団の中で、目尻に少しだけ涙がじわっとあふれてくるのを感じた。

布団の外から、ため息まじりの理玖のくぐもった声が聞こえる。

「私は子供たちを連れて、身の回りを整理するために一度豊岡の実家に帰ります。山科の居が定まりましたら文でご案内くださりませ」

内蔵助は、理玖がしばらくの間実家に帰ると聞いて、どこかホッとしている自分に気づき、とても嫌な気持ちになった。

――休もう。働きすぎや。このままじゃ儂の心が壊れてまう。

体調はだいぶ回復してきており別に大して眠くもなかったが、内蔵助は目を閉じて無理やり眠ることにした。腫れ上がった腕が、ずきずきと痛んだ。

浅野内匠頭の百日法要を終えると、内蔵助は京の山科に転居した。

赤穂にいた頃、城下町の中心にある彼の屋敷はにぎやかだった。藩解体の残務処理のため、多くの人々が連日出入りして忙しく働いていた。

その脇では、元藩士たちが勝手に屋敷に上がり込んでは、このまま黙って引き下がっては浅野家の名折れじゃといって、好き放題に吉良上野介への怒りをぶちまけ、気分を晴らして帰っていく。忙しい内蔵助にはそんな話に付き合っている時間など到底なかったのだが、それで不満を溜め込んで勝手に暴発されても困るので、いちいち丁寧に相手をして黙って話を聞いていた。

それが、閑静な山科に移って、ぱったりとやんだ。

交通の便のよい京にいれば、離散した元藩士たちとも連絡が取りやすいだろうということでこの土地を選んだのだが、やはり赤穂を離れてしまうと、わざわざ山科まで訪ねていってまで内蔵助と話をしたいという者は、数えるほどしかいないようだった。

人の心なんて、移ろいやすいもんやな……。

精神的に追い込まれて疔まで病んだ内蔵助としては、心底ホッとする反面、寂しくもあったし少しばかりガッカリする気持ちもあった。


今のところ荒木十左衛門からは、幕閣に対して浅野家の再興を意見具申したところ、好意的な反応を得られているという明るい内容の手紙が来ている。

浅野内匠頭のいとこである大垣藩主の戸田采女正も、さまざまな人脈を通じて浅野家の再興に向けて尽力してくれていた。内蔵助はこの頃に、小野寺十内《おのでらじゅうない》を連れて大垣まで行き、戸田采女正とお家再興に関する打ち合わせを行っているのだが、その時の戸田采女正の言葉からも、同情的な世論に後押しされて、少しずつ幕閣が浅野家に対して寛容な姿勢に変わりつつあることが感じられた。

さらに内蔵助はもう一つ、再興に向けた裏工作を試みている。

彼が目をつけたのは、江戸の神田橋護持院の高僧・隆光《りゅうこう》だ。隆光は将軍綱吉の寵愛を受けており、これまでに彼の進言を受け入れて、いくつもの京・奈良の寺社が莫大な費用をかけて再建されていた。綱吉が隆光の言葉に進んで耳を傾けたのは、なんといっても彼が綱吉の母、桂昌院《けいしょういん》から絶大な信頼を勝ち得ていたことが大きい。儒教の教えに沿って親孝行を実践したがる綱吉は、母の言うことならば一も二もなく従うからである。

隆光さえ味方につければ、将軍を動かすことも夢ではない――

そう考えた内蔵助は、まだ赤穂藩の清算で忙しい盛りだったにもかかわらず、五月に原惣右衛門を京の六波羅蜜寺に派遣していた。

かつて赤穂の遠林寺で住職をしていた義山《ぎざん》が、今は六波羅蜜寺の住職になっている。義山と隆光は同じ宗門にいるので、いくばくかは顔を合わせる機会もあった。内蔵助はその伝手を使って隆光に接近し、浅野家再興に向けた口利きを依頼しようと企んだのである。

結局、これは義山が不在だったため不発に終わったが、それでも内蔵助は諦めない。義山の代わりに、遠林寺の現在の住職である祐海《ゆうかい》に活動資金を渡して江戸に派遣し、隆光への接触を図ることにした。

また、京で義山に会えなかった惣右衛門はその足で大坂に行って、浅野家の親戚筋である広島藩主と三次藩主を訪ね、浅野家再興への力添えを嘆願している。

頼れる人はとにかくなんでも使う。なりふりかまわない必死の運動だった。

――やれやれ、このまま進めば浅野家の再興はなんとかなりそうやな。

本当なら吉良上野介への処分も一緒に決まってくれたら万々歳やが、決まらなくとも知ったことか。

今はみんな明日の暮らしも知れない状態やから、破れかぶれになって仇討ちじゃあといきり立っとうけど、そんな威勢のええのはどうせ今だけや。

お家が再興して暮らしの先の見通しが立てば、皆も絶対に気が変わる。せっかく取り戻した平穏な暮らしを、誰だって壊したくはないはずなんや。一旦そうなりゃ、仇討ちなんて皆、どうでもよくなる――

内蔵助は、人間の信念など、そんなに強靭なものではないということを知っていた。何よりも自分自身がそうだからだ。人間、平穏な暮らしを求める気持ち以上に強いものなど、そうそう存在しないというのが彼の信条だ。

浅野家の再興話は順調に進んでいる。となれば、あとは江戸にいる堀部、高田、奥田などの過激な連中が、焦って独断で吉良上野介に襲いかかったりして、せっかく進みつつある再興話をぶち壊しにしないよう、きっちりと抑え込むだけだ。

堀部安兵衛からは相変わらず、仇討ちを急ぐべしという激しい催促の手紙が何通も来ていた。だが内蔵助が聞くところによると、安兵衛らが必死に呼びかけても賛同する者が思うように集まっていないそうで、彼らはすっかり意気消沈しているらしい。だとしたら、こちらも当面は心配せんでもよさそうやな、と内蔵助は胸をなで下ろした。

ところが八月になって、再び内蔵助を悩ませる厄介な知らせが江戸から突然やってきた。

吉良上野介が、警備が厳重な呉服橋の屋敷を引き払い、閑散とした郊外の本所に転居するよう幕府から命じられたというのである。

七．元禄十四年　八月十九日（討ち入りの一年四か月前）

堀部安兵衛の赤穂藩での役職は二百石扶持の馬廻。決して低くはないが取り立てて高いわけでもない、中堅どころの地位の家臣だ。

だが、今すぐにでも吉良上野介の首級を挙げるべしと訴える江戸の過激な連中の中で、安兵衛はいつの間にか主導的な位置を占めていた。

そうなった理由としては、彼が義に篤い性格で人望があり、皆をぐいぐいと引っ張っていく頼れる男であるということもあるが、それ以上に、彼が真剣での斬り合いを実際に経験した凄腕の剣豪であるというのが大きかった。

安兵衛は、世に名高い「高田馬場の決闘」で一躍江戸中の人気者になった有名人である。

彼は、人数的に不利な状況であることを承知のうえで、義のために兄弟子の決闘に助太刀し、見事に三人を斬り伏せた。その話を聞いた浅野家家臣の堀部弥兵衛《ほりべやへえ》が彼の人柄に惚れ込み、ぜひとも自分の娘の婿にとしつこく口説き落として、そしていま彼は中山から堀部に姓を変えて浅野家にいる。

天下泰平のこの元禄の世においては、命を奪い合う実戦をやったことがあるというだけで非常に貴重な存在だ。しかも安兵衛は、その戦いで抜群の働きをみせたという、文句のつけようのない実績がある。

自然と彼の周りには、志を同じくし、亡き主君への忠義に燃え復讐を誓う同志たちが集い、彼を中心に江戸の過激派が形成されていったのである。

京の山科にいる大石内蔵助は、これまでに何度も江戸の安兵衛と手紙をやりとりして、激しく火花を散らしてきた。

内蔵助は、残された藩士たちを救う浅野家再興こそ正義と信じ、そこに向けて一つ一つ慎重に策を積み上げようとしている。江戸の安兵衛らに対しては、軽はずみな行動はするなと口酸っぱく訓告し続けている。

安兵衛はそれとは対照的に、命を捨てて亡君の仇を討つことこそ武士の正義であると一途に信じていた。それで、吉良が上杉家に引き取られたり、老人ゆえに病死したりしたらどうするのだ、まだるっこしいお家再興など諦めて、いますぐ吉良を討ち取らねば永遠に後悔するぞと、煮え切らない内蔵助に苛立ちを募らせている。

そんな二人の白熱する争いに、吉良上野介の屋敷替えという新たな火種がいま投げ込まれた。議論がさらに激化することは確実だった。

まさに、討ち入りには千載一遇の好機がやってきたと言えよう。

呉服橋にあった吉良家の屋敷は江戸城の目の前で、格式の高い武家屋敷が所狭しと建ち並ぶ超一等地だ。討ち入りに向けて屋敷の偵察をしようにも、赤穂藩の元藩士たちが汚い身なりで周囲をウロウロしていたら、その格好だけですぐに怪しまれてしまう。

それに対して、吉良の転居先とされた本所は、つい最近までは江戸の東のはずれの場末の地とされていた場所だ。近年になって幕府が、新しい武家の居住地として急速に整備を進めたので多少賑やかにはなったが、そんな土地だから武家屋敷のすぐ隣に町屋や商店が建っていたりもするし、道行く人々も雑多だ。

本所ならば、雑踏に身を隠して吉良邸を偵察することは今までよりずっと容易になるだろうし、討ち入りのための拠点として、吉良邸のすぐ近くに家を借りて潜伏することも可能になる。

「これは、吉良めが上杉家に引き取られるよりも前に、なんとしても急いで奴の首を取らねばならぬ！」

この状況に、堀部安兵衛、高田郡兵衛、奥田孫太夫ら江戸の過激派が色めき立つのも当然だった。

吉良上野介の背後には、米沢藩上杉家十五万石がにらみを利かせている。上杉家の現在の当主、上杉綱憲《つなのり》が吉良上野介の実の息子だからである。かつて上杉家の前の当主が子を残さずに急死した際、お家断絶・取り潰しを防ぐために、吉良上野介が自分の長男を上杉家に養子に差し出したという事情によるものだ。

養子になって吉良家を離れたとはいえ、実の父親である吉良上野介が赤穂藩の元藩士たちに命を奪われたなどとあっては、上杉綱憲にとっては赤っ恥だ。だからこそ、上杉家が吉良上野介の身を引き取って自分の屋敷に保護したり、本拠地の米沢まで連れ帰ったりするかもしれないという噂は常にあった。

吉良家四千二百石と上杉家十五万石では、江戸屋敷の警備の規模は格段に違う。ましてや、遠く奥州の米沢に引っ込まれなどしたら、もう仇討ちなどは絶望的だ。

安兵衛たちにしてみれば、吉良上野介が警備の薄い本所の屋敷に住んでいる今は、獲物が手足を縛られて目の前に転がされているようなものだ。だが、上杉家だってこの無防備な状態をいつまでも放置しておくはずがない。安兵衛らとしては、この僥倖が消えてしまう前に、なんとしても早く吉良上野介を討ち取ってしまいたかったのである。

その日も内蔵助と原惣右衛門は、閑静な山科の屋敷で浅野家再興に向けた相談を熱心に続けていた。すると小姓が入ってきて、江戸の堀部様から文が届きましたと告げた。

内蔵助はうんざりした様子で「またか……」とつぶやくと、渡された手紙に素早く目を走らせ、傍らにいた惣右衛門に忌々しそうに手渡した。まるで読む前からもう中味はわかっていたとでも言いたげな様子だった。

「あンの馬鹿どもが……。討ち入りしやすくなったから是非いますぐ決行をなどと、目先のことだけで鼻息を荒くしとるわ。あれだけ軽挙妄動はアカン言うとるのに、全然聞きやせん。ホンマなんとかしてほしいわ」

惣右衛門はその手紙に素早く目を通すと、落ち着いた声でゆっくりと答えた。

「まあ、彼らの真剣な気持ちもわからぬのではありませぬが……。とはいえ、このままでは最悪、彼らが少人数で不用意に吉良邸に討ち入って、無様に返り討ちに遭うなんてこともあるやもしれませぬな」

「そうなんや。それが一番マズいわな。それだけは絶対に避けなアカン」

惣右衛門が一番の懸念点を的確に指摘して、討ち入りに慎重な意見を出してくれたことが内蔵助には嬉しかった。

もともと惣右衛門は江戸屋敷詰めの家臣で、赤穂城を引き渡すかどうかの議論の時には籠城抗戦を強く主張していた人間だ。基本的に、彼の考え方は内蔵助より安兵衛のほうにずっと近い。そんな惣右衛門が最近少しずつ、自分の肩を持ってくれるようになってきていることは、孤独な立場で奮闘する内蔵助にとって暗闇の中に差し込む一条の光だった。

赤穂藩が解体して以来、さまざまな外部の関係者を説得しなければならない場面で、内蔵助は惣右衛門にしばしば使者役を頼んでいる。惣右衛門はあまり多弁ではないが、ひとたび慎重に口を開けばその言葉には抜群の説得力があって、使者役には最適だったのだ。

使者を務めるにあたっては、事前にしっかり打ち合わせをして、内蔵助の意見と惣右衛門の理解をきちんと一致させておかねばならない。それで二人は幾度となく打ち合わせを重ねてきた。意見が食い違う時には、じっくりと時間をかけて、納得するまでとことん話し合った。

そんなやりとりを続けるうちに、内蔵助は惣右衛門の人柄を十分理解できたし、惣右衛門も内蔵助の思いを理解してくれていると内蔵助は思っている。

家老連中が揃って逃げ去ってしまったいま、組頭の奥野将監と足軽頭の原惣右衛門の二人が、内蔵助にとっては頼れる両腕のような存在だ。奇しくも二人とも内蔵助より十一歳年上の同い年であり、尊敬できる貴重な相談相手でもある。

「安兵衛は、まっすぐな人間ですからなぁ」

「いや、わかるで惣右衛門。友人として付き合うなら安兵衛はホンマいい奴や。儂も安兵衛が大好きや。せやけど、友達付き合いとお役目は別モンやろ」

内蔵助は、夾雑物のない水晶のような、安兵衛の澄みきった精神がまぶしかった。あんな風に強くまっすぐに生きられたらどんなにいいか、という憧れもある。だが、それと同時に「お前は気楽でいいなぁ」という湿っぽい本音も消し去ることはできない。

義俠心を錬り鋼のように鍛え上げた安兵衛が、自分のことを煮え切らないなどと常々批判しているのを内蔵助は知っている。だが内蔵助にしては珍しく、煮え切らないのなんて当たり前やろと、その批判はあまり気にしなかった。

筆頭家老の自分は立場上、藩士全員の幸せを最大にすることを常に考えねばならない。だがそれは、割を食って損をする人間が少数ながら生じるということでもある。

それで「大石許すまじ」と殺さんばかりの恨みを抱いている者が、藩内に何人かいることも内蔵助は承知の上だ。

それでもなお、藩全体にとって最良の選択をしようと思うのならば、自分は筆頭家老としてその恨みを甘んじて受け止めつつ、平然とした顔で冷徹な指示を出すようでなければならないのだ。だからこそ内蔵助は、冷徹になりきれない自分を隠すため、「浅野家筆頭家老大石内蔵助」の仮面をかぶった。かぶりたくもない仮面のことで罵倒されたところで、痛くもかゆくもない。


儂は、お主とは抱えとる業の量が違うんや。儂がこれまで、どんだけしんどい思いをしていろんな人間を切り捨ててきたと思とんねん。

そりゃ、お主みたいに世の中を白と黒にズバズバ塗り分けられるんなら、痛快やろうし見た目はわかりやすくて美しいわな。

でも、そうしたら黒に塗られた半分は死ぬんやで？

だったら、灰色のままにして全員生かしといたほうがええやろが。

その灰色が美しくないだとかハッキリしないだとか、自分一人だけが美しくまっすぐ純粋でありたいお主が気安く言うなや――

そんな複雑な思いがあって、内蔵助は安兵衛のことを心の底からは好きになりきれなかった。きっとあちらも自分のことを、二枚舌のぼんやりした昼行灯などと好き勝手に文句を言っているに違いない。


内蔵助が、捨て鉢な口調でぼやいた。

「手紙でいくらしつこく注意しても馬耳東風やし、どうすりゃええっちゅうねん」

すると惣右衛門が、間髪入れずに頼もしい声で答えた。

「さすれば、拙者が一度江戸に行って、堀部、高田、奥田の三名と話をして参りましょう。今はまだ討ち入りすべき時ではないと、彼らをきっと説得してまいります」


う、と内蔵助は一瞬息を呑んだ。

自分からそう申し出てくれた惣右衛門の気遣いはたしかにありがたい。惣右衛門は長いこと江戸屋敷にいて、堀部、高田、奥田の過激派三人とも仲がよい。だからこそ、三人を説得するのにこれ以上適した人物はいないだろう。

――せやけど、江戸の三人とじっくり話し合うことで逆に、お主の心に再び変な火がついてまう可能性もあるんとちゃうか?

だが、その疑念をチラリとでも態度に出してしまったら惣右衛門は傷つくだろう。やっぱり内蔵助は自分のことを信頼していないのかなどと失望されてしまったら、ますます江戸の連中のほうに心が戻ってしまうかもしれない。

即座に内蔵助は肚を決めた。自分は惣右衛門を信じる。

「おお！　昵懇な惣右衛門殿の話なら、意固地な彼らも素直に耳を傾けるやろうし、こら百人力ですわ。おおきに。是非、頼んます」

そう言って満面の笑みを浮かべながらも、心の奥底では不安でいっぱいだ。それを惣右衛門に気取られていないか戦々恐々としながら、内蔵助は自らをしかりつけた。

——何を疑っとるんや自分！　しっかりせえ、惣右衛門がここまで言うてくれとるんやぞ！　だったらここは、惣右衛門を信じて送り出さなアカンやろ。だいたい、江戸の三馬鹿を抑えられるのは彼しかおらんやないか！

かくして原惣右衛門の江戸行きは決まった。内蔵助は事前に惣右衛門と綿密な打ち合わせを重ね、江戸へ出発する際には、想いを伝えるように固く彼の両手を握りしめて「くれぐれも頼みますぞ」と言った。

これは、賭けやな。

勝つと信じて、送り出すしかない。

しかし、惣右衛門が江戸に到着してしばらくしたあと、彼から送られてきた手紙を見て、内蔵助はへなへなと膝から崩れ落ちることになる。

――たしかに浅野家の再興は大事かもしれないが、武士の本分に照らし合わせてよくよく考えてみると、お家よりもご主君である浅野内匠頭個人に対する忠義のほうが上位にあるべきではないのか。この千載一遇の好機を逃さないよう、上方の同志を連れて至急江戸に来てほしい――


惣右衛門は江戸の連中に感化されて、すっかり討ち入り推進派に鞍替えしてしまったのだった。内蔵助は賭けに敗れた。

「ちょぉ……ちょぉ待てや惣右衛門……。お主は儂の仲間とちゃうんかい……そらぁないで惣右衛門……。

互いにわかり合えたかと儂は思っとったが、やっぱりお主は足軽頭で儂は家老。所詮は見ている世界が違ったいうことかい……」

堀部安兵衛や高田郡兵衛などの手合いにいくら腰抜けと罵られようと、内蔵助はなんとも思わない。だが、思慮深く慎重な原惣右衛門に討ち入りを催促されるのは心底きつかった。「十分に熟慮した結果、やはりあなたは腰抜けだと思う」と冷たく突き放されたような気がした。

仕方なく内蔵助は、今度は自分の大叔父にあたる進藤源四郎《しんどうげんしろう》を江戸に送り込むことにした。源四郎はこれまで内蔵助とともに、浅野家再興のための工作に精力的に取り組んできた仲間だ。彼は内蔵助の近い親戚なので、家門を使った睨みも利かせられる。原惣右衛門があっさりと考えを翻してしまったいま、江戸の連中を抑えるには考えうる最適の人物といえた。

「あの思慮深い原惣右衛門ですら、堀部と高田の毒気にやられて頭が沸いておるようですわ。叔父上、なんとかして江戸の連中の暴発をお鎮め頂きたく、くれぐれも宜しくお願いいたします。源吾《げんご》も叔父上を助けるのだぞ。頼む」

源四郎のお供には、俳諧の達人で茶の湯にも通じた粋人の大高《おおたか》源吾をつけてやることにした。

源四郎は立場としては説得役に最適な人物なのだが、性格が柔和で少々押しに弱いところがある。その点、大高源吾は如才ない人間で弁も立つので、鼻息の荒い江戸の連中に源四郎が押し込まれた時にも、うまく受け流してくれることだろう。この二人であれば今度こそ江戸の奴らの暴発を抑えてくれるに違いない、と内蔵助は確信をもって源四郎と源吾を送り出したのだった。

ところが。

「はぁ？　堀部と高田の申すことにも一分の理あり、やはり我々の目指すべきは、憎き吉良の首を挙げて亡君の遺恨を果たすことにあるのではないか……だと？」

内蔵助は江戸から送られてきた大高源吾の手紙を見て、がっくりと肩を落とした。

どいつもこいつも江戸に行くと、どういうわけかあちらの空気に飲まれて、あっさりと自説を曲げてしまう。江戸には何か、人間の心を焚きつける魔物でも棲んでいるのであろうか。

「叔父上は人の話をよく聞かれて争いを好まぬ方だからな……。おおかた、高田あたりが畳みかける暴論にも黙って耳を傾けているうちに、知らぬ間にその色に染まってしまったのであろう……」

もう、どいつもこいつも馬鹿ばっかりや……どうしてこう、元藩士たちを救いたいという儂の思いを、誰もわかってくれんのじゃぁ……。

内蔵助はもう何もかもが嫌になってしまい、大きなため息をつくと、糸の切れた傀儡人形のようにがっくりと文机の上に突っ伏したのだった。

八．元禄十四年　十一月十日（討ち入りの一年一か月前）

澄みきった冬の寒空高く、雁の群れがきれいな隊列を組んで飛び去っていく。

内蔵助は、奥野将監ほか四人の供回りを連れて東海道を江戸に向かっていた。江戸の過激派の暴発を防ぐために原惣右衛門と進藤源四郎を送り込んだが、逆にあっさりと過激派に取り込まれてしまった。かくなる上は自分自身が江戸に行って、彼らを抑え込まねばならない。

「将監どの、江戸の連中はどう出てくると思われますか」

「まぁ、厳しい話にはなるでしょうな。江戸屋敷は所帯が小さくて、家臣が亡き殿と接する機会は赤穂本国とは比べものにならぬほど多かったですから。

殿はあのとおりの気さくなお方でしたので、お側近くで話をした者はみな殿のお人柄に惚れ込んでしまいます。そういう者たちが、浅野家の再興よりも殿のご遺恨を晴らすほうが大事じゃと考えるのも、無理はないことでしょう」

京から江戸までは、馬や駕籠を乗りついでも十日以上はかかる。長い道のりの退屈しのぎに、内蔵助は奥野将監とずっとそんな話をしていた。

末席家老の大野九郎兵衛が去り、江戸詰家老の藤井又左衛門と安井彦右衛門がすっかり責任放棄して「我関せず」を決め込んでしまっているいま、千石扶持の組頭だった奥野将監は、残った同志の中では内蔵助に次ぐ高禄取りだ。彼は内蔵助の頼れる右腕として、赤穂城の引き渡しからお家再興に向けた活動に至るまで、ずっと行動をともにしてきた。


「しかし、まさかあの原惣右衛門が、こうもあっさり江戸の連中に乗せられて、吉良を討つべしなどと言いだすとは思いもよりませんでした。拙者にとって、惣右衛門殿と将監殿のお二人こそが、お家再興に向けた二つの頼むべき柱だったのですが」

「彼は江戸にいて、殿の最後を間近で見ておりますからな。殿の亡骸をその目で見た者と、赤穂で人づてに聞かされた者とでは、やはり思うところも違うでしょう」

「なるほど。たしかに拙者は時々、実は殿は死んでいないのではないか、明日になったら駕籠に乗ってひょっこり赤穂に帰ってこられるのではないか、などと思ったりもします」

内蔵助がそう言うと、自分もそうですと言って奥野将監は笑った。

「まあ、そう考えれば江戸の連中の気持ちも多少わからんでもないですな。

ですが、それにしても堀部、高田、奥田の三名には、ほとほと手を焼かされますわ。特に高田は忠義のためというより、自らの槍の腕を恃《たの》んで、ただ暴れたいだけのように見える」

「彼の手筋は宝蔵院でしたか」

「ええ。宝蔵院流高田派の嫡流で、それは見事なものです。ですが、武は使うべき時にのみ使うもの。みだりに振り回してひけらかすためのものではございませぬ」

「まことにそのとおり。しかしまあ内蔵助殿も大変でございますなぁ。堀部も高田も戦場では頼もしい手練れなれど、どいつもこいつも我が強くて、暴れださぬよう手綱を引き締める側は一苦労じゃ」

「ははは、まさに将監殿のおっしゃるとおり。じゃが、これも殿のご遺徳。他人の言うことなど一つも聞かぬような、こんな癖だらけの連中をよくもまぁ今まで問題を起こさずまとめ上げておられたものじゃ。お亡くなりになって初めて、殿の偉大さを噛みしめておりますわい」

内蔵助の言葉に、奥野将監は大きく何度もうなずいた。

これから江戸で待ちかまえている話し合いは心底気が重いものだが、京から江戸までの十日あまり、気の合う奥野将監と存分に語らいながらの旅は、内蔵助にとって愉快で心安まるものだった。

「おお。あれに見えるは箱根の山ですな将監殿。ということは江戸はもうすぐじゃ」

江戸の宿に着いた内蔵助は、長旅の疲れを取る間もなく、勝手に押しかけてくる元藩士たちへの応対に追われた。どの者も鼻息が荒い。

この屈辱は絶対に晴らさねばならぬ、吉良許すまじと興奮して義憤をぶつけてくる者。聞いてもいないのに、自分が考える最高の討ち入り計画を得意げに説明しはじめる者。どいつもこいつも自分の考えで頭が凝り固まっていて、他人の話などはなから聞く気はないようだ。

「江戸の庶民たちは、赤穂藩の元藩士たちがいつか必ず、憎き吉良上野介を討ち果たしてくれると口々に噂しておるのですぞ。それなのに一向に動きださぬ我々を、侍の風上にも置けぬ臆病者よと、口汚く罵倒してくるのです」

内蔵助のもとにやってくる誰もが、顔を真っ赤にしながらそう言って悔しさをぶつけてきた。話しているうちに屈辱のあまり泣き崩れてしまう者も少なくない。

――なるほど、これが江戸の空気か。たしかにこれは焦りたくもなる。

自分の味方だと思っていた原惣右衛門や大高源吾が、あっさりと考えを変えて討ち入り推進派に鞍替えした理由について、内蔵助は得心がいく思いがした。

内蔵助が江戸に来たことで、元赤穂藩の中心人物十五人が一堂に会して、十一月十日に会合が開かれることになった。場所は、浅野家に出入りする日傭頭《ひようがしら》だった前川忠太夫の家だ。

江戸詰家老だった安井彦右衛門と藤井又左衛門は、呼び出しを無視して返事もよこさない。儂も筆頭家老でなければとっくに逃げだしていたのになぁ、と内蔵助は先祖から引き継いだ自らの地位の高さを呪った。

「では、まずは大学様を継嗣に立てての、浅野家の再興に向けた今までの働きについて、儂より説明させてもらう」

内蔵助がそう言って話を切りだすと、いきなり高田郡兵衛が話を遮った。

「いや、浅野家の再興など江戸の同志は誰も願ってはおらぬ。求めるはただ吉良の首ひとつ。いつ吉良邸に討ち入って手柄を上げるか、話し合うべきはただそれだけでござろう！」

すかさず奥野将監が「郡兵衛！　大石殿に対して無礼じゃぞ！」と叱りつけたが、高田郡兵衛は小馬鹿にしたようにフンと鼻で笑うと居丈高に答えた。

「何を申されるか将監殿。赤穂藩が解体されたいま、拙者は浪人、大石殿も浪人。ここにいる全員が、等しく扶持を持たぬ素浪人でござろう。亡き殿への義理から、かつての序列を尊重してこうしておとなしく話をしておるが、一向に何もしようとしない腰抜けが、今後もずっと我らの頭役に居座り続けることは我慢ならぬ。本来ならば、亡き殿への忠義の心の強き者から順に、今後は新たに序列をつけ直すべきとまで拙者は考えておるわ」

「何を！　無礼者！　そこへ直れッ！」

激高して膝立ちになった奥野将監を内蔵助は手で制止した。

「まあ、将監殿は落ち着きなされ。郡兵衛も少し言葉を控えよ」

そして、場の興奮を鎮めるように、あえてゆっくりと、低い声で言った。

「たしかに、我々は今や全員が揃って素浪人じゃな。その中で、誰が上だ誰が下だと競い合ったところで虚しいことじゃ」

その言葉に奥野将監は不服そうな顔をしたが、内蔵助はかまわず続けた。

「ただ、早々に浅野家に見切りをつけて去っていく者が多い中で、こうしてこの場に残っているだけでも我々は志を同じくする仲間じゃろう。数少ない仲間同士でいがみ合ったところで益はあるまいよ。

儂は、昔の身分などには何もこだわらぬ。言葉遣いも勝手にせえ。じゃが、仲間を軽んじ、貶めるような振る舞いは決して許さぬぞ。よいなッ！」

そう言ってギロリと郡兵衛を睨みつけると、郡兵衛は怒りを込めた目で睨み返してきた。しかし、内蔵助が一歩も退かずに目を逸らさなかったので、最後は黙って下を向いた。

最初からこの調子か、これは難儀な会合になるぞ、と内蔵助はげっそりした。

江戸の連中は、はなから自分の話を聞く気などないのだ。これまで内蔵助が必死の思いで取り組んできた浅野家の再興は、「無意味」の一言であっさりと切り捨てられた。実際のところ、赤穂藩の元藩士たちは再仕官が決まらず金策に苦慮している者がほとんどだから、お家再興は無意味どころか、大多数の者が心待ちにしているはずなのである。

だが、こんな会合にわざわざ集まってくるような連中は、もともと忠節意識が非常に高い。彼らの感覚からすれば、浅野家再興の活動など恥の上塗りでしかないのだった。無様に這いつくばって幕府の温情を勝ち取り、くだらぬ生を拾うことになんの意義があるのか、浅野家再興など誇りを捨てて金をもらうようなものだ、と露骨な悪意をもって解釈され、内蔵助はあっという間に孤立無援となった。

「わかった！　わかった！　儂とて、いつまでも浅野家再興の働きかけをズルズルと続けるつもりはない！　もう少し待てば、お家再興の結果が出るかもしれぬのじゃ。それがはっきりするまで待てと儂は言うておるだけで、別に、お主らの忠心をないがしろにしているわけではない！」

ついに根負けしてそう言わされた内蔵助だったが、高田郡兵衛はその言葉にも執拗に食い下がった。

「大石殿はそう言うが、我々はもう八か月も待っておる。それなのに、お家再興の話が目に見えて動きだしたなどという噂は全く聞こえてこぬではないか。

そうやってまた、結果を待て結果を待てと延々と言い続けるのか。貴殿の二枚舌にはもう飽き飽きなのじゃ」

郡兵衛の失礼な口ぶりに内蔵助は苛立ったが、一方で、どうしてこいつはこんなに焦っておるのか、という違和感も覚えた。普段から傲慢な振る舞いの目につく男ではあるが、それにしても今日の郡兵衛はやけに言葉がきつい。

その態度からは、何がなんでも今日の会合で内蔵助を動かすのだという決意が痛いほど伝わってくるが、傲岸不遜で居丈高に振る舞っているように見えて、こいつは実は何かを怖れ、焦っているのではないかと内蔵助は思った。

この高田郡兵衛の言葉をきっかけに、堀部安兵衛と奥田孫太夫の二人が、吉良家討ち入りの期限を切るよう内蔵助に激しく詰め寄りはじめた。内蔵助もだんだんと苛立ってきて、怒鳴るような声で激しく言い返すものの、すっかり四面楚歌だ。奥野将監や進藤源四郎といった内蔵助に近い人間たちは完全に萎縮し、気まずそうに下を向いているだけで誰も助け舟を出してはくれない。

「言いたいことがあるのなら、正々堂々とこの場で言ったらどうだ」

「我々に反論できぬのは、心にやましいものがあるからじゃろう。違うか」

もはや、議論ではなかった。

浅野家の再興に取り組んできた者たちがすっかりしょげてしまった様子を見て、討ち入りを唱える連中はますます調子づいた。彼らは正義が発する香ばしい高揚感に酔いしれながら、口々に放言しはじめた。

「このままでは我々は腰抜けの鮒侍じゃ」

「江戸中の物笑いじゃ」

「よくもまぁ、この状況を黙って見ておられるものじゃ」

たたみかける罵詈雑言に、とうとう内蔵助も黙ってうつむいてしまった。

「世間の者どもから鮒侍と言われて、悔しくはないのか御一同。この場に、誇りを持った真の侍はおらぬのか？」

「そういえば大石殿のお顔も、いつの間にやら鮒に似てまいったな。おうおう、そのように力んだ所は鮒そのままじゃ……鮒だ、鮒だ、鮒侍だ、ハハハハハ」

聞くに堪えない面罵が最高潮に達したその時だった。

内蔵助が静かに、幽鬼のようにゆらりと立ち上がった。立ち上がったものの、じっと足元を見たまま、一言も発せず微動だにしない。

その異様な雰囲気に、ガヤガヤと大騒ぎしていた一同がようやく異変に気づき、やかましい雑音が壁に吸い込まれるように急におさまった。

しんと静まり返る、気まずい雰囲気の室内。内蔵助は大きく息を吸った。

一呼吸置いて、雷のような声で大喝した。

「おどれぁ何言うとんじゃ。このボケカスがぁ！　さっきから儂にばっかり、腰抜けだの早う討ち入りの日を決めろだの、勝手好き放題にほざきおってボケェ！」

それまでは冷静で穏やかな口調を保っていた内蔵助の豹変ぶりに、その場にいた全員が息を呑んだ。江戸の連中の中には、彼が関西弁で話すのを初めて聞いた者も多い。

普段はボンヤリしている昼行灯の内蔵助が、ここまで怒りを露わにするのも初めてのことだ。

「だいたいなぁ……お主らそんなに討ち入りしたいんやったら、討ち入りの必勝の策とか、ちゃんと用意しとるんやろな？　あぁ？」

内蔵助のものすごい剣幕に圧倒されて、それに答える者はいない。

「誰も答えへんのかい！　ええか。お前らアホみたいに討ち入りやァ討ち入りやァって脳みそ沸き立っとるから、儂は一つだけ釘を刺しとくがな、討ち入りするんやったら絶ッッ対に一発で成功させなアカンのやで？　失敗は決して許されへんのやぞ？　そこんとこわかっとんのかいワレェ！」

まるで街のやくざ者のような啖呵を切る内蔵助に、誰一人として口を挟める者はいなかった。

「吉良かて、儂らに殺されたら家門の赤っ恥や。当然、厳重な警戒はしとるし、時々は影武者を乗せた偽駕籠を屋敷から送り出しとるっちゅう話も聞いとるわ。

……あんなぁ、儂らも必死かもしれんが、あっちも同じくらい必死なんやぞ？　そこにお前らが、足りん頭で猪みたいにホイホイ突っ込んでいって、あっさり返り討ちにされたらどない責任取るつもりなんや、あぁ？

そしたらきっと、吉良は上杉家に引き取られて、もう二度と手出しできへんようになるで。儂が必死こいて頑張ってきた浅野家再興も全部パーや。それに何より、浅野家は当主も吉良を殺せんかったが家臣もしくじったと、それこそ天下の物笑いになるんやぞ？　どっちが本物の腰抜けの鮒侍か、そこんとこ、少ない脳味噌使ってちっとは考えてみたらどうなんや、このボケカスどもがッ！」

内蔵助の勢いに圧倒され、それまで意気揚々と彼を責め立てていた一同は、親にこっぴどく叱られた童子のように揃ってシュンとなってしまった。

「そういえばこないだ、どこぞの誰かさんが儂んとこ来て、偉そうにアホなこと言うとったなぁ……『討ち入りなんて、そんな七面倒くさいことせんでもええやないですか。吉良が出かける駕籠を自分が道で待ち伏せして、グッサー刺し殺してやりますわ』ってな。――ええか。そないなアホなこと、二度と儂の前でほざいたらその場でブチ殺すかんな！」

先ほどまでの喧騒が嘘のように、場はすっかりお通夜のように静まり返っている。内蔵助は明王のごとき形相で堀部安兵衛を睨みつけた。

「安兵衛ェッ！」

「はいッ！」

「おぬし、儂にこんだけ討ち入りせぇ討ち入りせぇ言うとるってことは、絶対に確実に、間違いなく吉良を殺せる策が、いまここにあるっちゅうことで相違ないな？」

「う……ッ！」

「吉良邸の人数は何人や？　門は何か所や？　こちらの人数を、どの門に何人ずつ配置するつもりなんや？　そもそも、屋敷の中の図面は手に入れたんか？」

「それは、こちらの同志の数が決まらぬことには決めようもないことじゃ……」

「うっさいわボケ。本気でいますぐ吉良の首を取る気なら、そんなもん、十人しか集まらんかったらこうやって戦う、三十人集まるならこうやって戦う、五十人ならこうって場合に分けて先に考えとくもんやろが！

　そんな当たり前のことも考えんとお主は、ただ吉良が憎い、吉良の首は取らなアカン、上手くいくかわからんが、とにかく討ち入りじゃァ！　とか、童の戯言みたいなしょーもないことをいままでほざいとったんかァ！」


　堀部安兵衛は誇り高き男だ。

　彼が不利を承知で高田馬場の決闘に助太刀したのも、全ては自らの誇りのためだ。

　そんな彼が、内蔵助に口汚くどやしつけられて黙っていられるはずもなかった。発作的に片膝を立て、右手を刀の柄に添えた。すかさず周囲の者が安兵衛の肩や腕に取りついて全力で彼を止めた。

ところが、内蔵助はそんな周囲の人間の必死の気遣いを無視して、さらに火に油を注ぐような言葉を安兵衛に浴びせかけた。

「おうおう！　斬りたいんなら斬りやがれこのボケカス！　今ここで怒りに任せて儂を斬ったら、お主は口先だけの似非《えせ》忠義者じゃ！　儂が問うたことに何一つ答えられず、刀で答えた思慮の足らぬ猪武者じゃ！　口惜しければ、ちったぁ自分の頭で考えて、吉良を必ず殺す策を用意してから儂んところに来んかい、この抜作がッ！」


周囲の者はそれを聞いて真っ青になった。だが、安兵衛は怒りで顔を赤黒くしながら、フウフウと息を吐いて必死で興奮を抑えている。

内蔵助の言うとおりだった。安兵衛たち三人はこれまで、討ち入りこそ正義、参加せぬ者は臆病じゃと威勢のいいことばかりを言って、人数が集まらないのも全て他人の怯懦《きょうだ》のせいにしていた。

鉄石のごとき強い心を持った腕利きが二十名も集まれば余裕じゃろう、などと日頃から放言していたが、その見通しも別に、吉良家の家臣の数や具体的な作戦を練ったうえではじき出したわけではない。内蔵助の問いに、安兵衛は何一つ反論ができなかった。代わりに大声で啖呵を切った。

「おうよッ！　あいわかった大石殿！　ならば、こちらも貴公が納得する必殺の策を用意してきてやるわッ！　だが、我々が策を用意したのに、そちらがまだ浅野家再興のために待ってくれだなどとぬかしたら、今度こそたたっ斬ってやるからな！」

「承知！　その代わり、生ぬるい策を持ってきたらこちらも容赦せぬぞ！」

「いいだろう。……そうじゃ、またズルズルと貴殿に話を先延ばしされても困る。拙者と高田と奥田の三名は先般、吉良の屋敷に討ち入って彼奴の首級を挙げることを誓う神文を交わし合った。そこには、亡き殿の一周忌である来年三月末までに、必ず本懐を遂げると書いておる。それゆえ、浅野家再興の運動の期限も三月末までじゃ。それ以上は断じて待てぬ。

　そこまで待ってもまだお家再興がならぬようであれば、その時はこちらが練り上げた、必殺の吉良邸討ち入りの策に無条件で参加してもらうぞ！」

「ええで安兵衛、殿の一周忌までやな。ほいなら、儂はそれまでに絶対に浅野家を再興してやろうやないか！」

　こうして、のちの世で「江戸会議」と名付けられた会合の結論はなんとかまとまった。だが一同の心はバラバラだった。

討ち入りは浅野内匠頭の一周忌まで待つという一応の合意はできたが、それでも安兵衛はこの会議の結論に一つも納得していない。彼はすぐさま高田郡兵衛、奥田孫太夫の三人で集まり、今後の対応を相談しはじめた。

「一周忌の時にまた、城明け渡しの切腹の時と同じようにのらりくらりと逃げ出されてはたまらん。これは早々に大石殿以外の盟主をかついで、その者の下で吉良邸への討ち入りを目指したほうがよいかもしれぬ」

ぐうの音も出ないほどに内蔵助から作戦の甘さを指摘されて一旦は引き下がったもののの、だからといって彼らは、黙って内蔵助の言うことを聞くような素直な手合いでもなかった。

そんなある日、彼らがいつものように内蔵助外しの件を相談していると、元藩士の一人が血相を変えて「大変だァ！」と飛び込んできた。元藩士は乱れた息を整える間もなく、大声で三人に伝えた。

「吉良上野介の隠居がご公儀に認められたそうじゃ！　隠居すれば江戸にいる理由がいよいよなくなってしまう。即刻、米沢藩に引き取られるやもしれぬぞ！」

九．元禄十四年　十二月十二日（討ち入りの一年前）

「はあ？　吉良の隠居？　なんでや？　嘘やろ！」

　十二月中旬に山科でその知らせを受け取った時、大石内蔵助は何かの悪い冗談かと思った。十一月十日の江戸会議のあと、内蔵助は京に帰る前に荒木十左衛門と榊原采女のもとを訪ねて、改めて浅野家の再興と吉良上野介への処分を幕閣に催促するようお願いをしたばかりだった。その時の二人は、

「大丈夫じゃ、安心めされよ大石殿。七月にお伝えしたとおり、ご公儀の内部にも浅野家に同情的な者は多い。希望を捨てずに今しばらくお待ちあれ」

「なかなかお上の結論が出ず、貴公もさぞや焦れておられることであろう。じゃが我々の上申は、たしかに若年寄様を通じてご公儀に届けてある。お上もそれを無下にすることはないだろう」

　などと調子よく明るい話ばかりを言っていたのだ。それからたった一月足らずで、どうしてこんなことになってしまったのか。

隠居した人間に対して、幕府が現役時代の落ち度を遡って咎めた例はほとんどなかった。吉良上野介の隠居を認めたということは、幕府は吉良上野介を処罰するつもりはないという意思表示とみて間違いないだろう。

幕府に対する内蔵助の要望事項は、浅野家の再興と吉良上野介に対する処罰の二点だ。今回の措置は、内蔵助の二つの要望のうちの一つは実現が絶望的になったということにほかならない。

「ちーっとも使えんあの丸太ん棒どもが！　あいつら、儂に調子のええことばっか言って、その場を取り繕ってやがった。ありゃ本当は、幕閣に向けて別にたいしたことはしとらへんな……クソが！」

内蔵助はドンドンと文机を叩いて悔しがった。こんなことなら二人を訪ねた時に、彼らの言葉を素直に信じず、もっとしつこく催促をしておけばよかった。

だが、もし催促をしていても結果は一緒だったようにも思う。

彼らは所詮、上手く行きかけている時だけは味方のように振る舞うが、少しでもまずいた瞬間にさっさと諦めて見捨てるような薄情な人間たちだったのだ。内蔵助が催促しても、どうせ面倒くさそうにあしらわれて終わりだったに違いない。

「ちっくしょぉ……ちっくしょぉ……なんでや……なんで誰も儂に味方してくれへんのや……儂こんだけ頑張っとんねん……どうして上手くいかへんねや……」

先日の江戸会議で、来年三月までに浅野家再興が成らなければ討ち入りの件に結論を出すとうっかり言ってしまった。売り言葉に買い言葉で出てしまった言葉ではあったが、それは三月までには幕府もおそらく結論を出してくれるだろうという、内蔵助なりの目算があって言ったことでもある。

だが、吉良上野介の隠居が認められたことで、浅野家再興の件はかなり雲行きが怪しくなってきた。年が明ければ春の訪れなどすぐそこだ。桜の咲く頃までにここから状況が一変することなど、あり得るのだろうか。これはまずいことになったかもしれぬと、内蔵助は下腹部にジクジク響くような不快感をおぼえながら、ガバと文机に突っ伏してしばし呆然としていた。

一方その頃、江戸にいる元藩士たちも、吉良上野介隠居の報を前に大いに揺れ動いていた。

隠居すれば江戸城への出仕は不要になるので、もはや上野介が江戸に住む理由は一つもない。それならば、安全のためにも米沢に来てはどうかと、実の息子である上杉綱憲が言いだす可能性は十分に考えられた。奥州米沢に引っ込まれてしまってはもう、赤穂藩士たちが吉良上野介に手を出すことはほぼ不可能となる。彼らの焦りは最高潮に達した。

「内蔵助殿は三月まで待てと言ったが、もう待てるか！　やはりいますぐ討ち入りを決行せねば。手遅れになってからでは遅いのじゃ！」

江戸の同志たちの会合で、そう言って堀部安兵衛は激しく気炎を吐いた。その場には原惣右衛門、高田郡兵衛、大高源吾など、吉良上野介への復讐を固く心に誓う連中が十人ほど集まっていた。

「だが先般の打ち合わせで、我々も三月までに完璧な吉良家討ち入りの策を考えるべし、という結論になったばかりではないか。策はまとまっているのか？」

惣右衛門がそう尋ねると、内蔵助に手ひどくやり込められたことを思いだしたのか、安兵衛は途端に不機嫌な顔になった。

「まだ、たいしてまとまってはおらぬ。だが、大石殿はいちいち慎重すぎるのじゃ。あの御仁の言うことを一から十まで聞いていたら、みすみす好機を逸してしまう。兵は拙速を尊ぶというではないか。もうこの際、大石殿は抜きにして人を集めて、我々だけで今すぐ討ち入ってはどうか」

「安兵衛の気持ちはわかるが、しかし、それで人が集まるかね」

惣右衛門に痛いところを突かれて、安兵衛はぐっと言葉に詰まった。苦しまぎれに、以前から彼がなんの根拠もなく放言していることを繰り返した。

「鉄石のごとき覚悟の者が十五、六人は集まる。それで十分じゃ。戦は数ではない、心の強さよ。吉良ごときの公家気取りの腰抜け侍、死をも恐れぬ勇士がそれだけ集まれば、簡単に討ち取れるわ。むしろ、忠義の心の薄い者どもが下手に加わって、烏合の衆になり果ててしまうほうが危ういと拙者は思う。

そうだろう郡兵衛？　なあ、お前からもひとつ言ってやってくれよ」

ところが今日の高田郡兵衛は、まるで二日酔いでもしているかのように普段の元気がなかった。

安兵衛に促されても、郡兵衛は青い顔をしてうつむいたまま「そうじゃな」とだけ答えて黙りこくってしまった。普段だったら安兵衛が威勢のよいことを言うと、いつも郡兵衛が「そうだそうだ」と力強く賛同してくれて話の流れが作られていくのだが、これではどうにも気勢が上がらない。

自分の腕に絶対の自信がある堀部安兵衛や高田郡兵衛と違って、大部分の人々は、内蔵助に叱られたことで冷静に現実を見つめるようになっていた。

今まで、臆病者だと思われたくない一心でずっと黙っていた者たちが、言いたくても言えなかった不安を弱々しくポツリポツリと吐露しはじめた。

十五人程度で討ち入るのはさすがに自殺行為だ、無謀すぎる――そんな弱気の声を安兵衛は豪快に笑い飛ばし、「いまからそのように気持ちが飲まれているようでは、先が思いやられるわい」と言って一同の奮起を促した。

だが、その声に答える者は誰もいない。気まずい沈黙が流れる。

「どうじゃ御一同、下手に覚悟の足りぬ者が加わるより、そのほうが我らは一丸となって、よっぽど強くなれると思わぬか？」

誰ひとりとして、賛成とも反対とも言わない。ただ黙っている。「なんじゃこれは」と、安兵衛は同志たちの煮え切らない態度に溜め息をついた。

何人もの男たちが渋い顔をしてむっつりと黙り続けるという、奇妙で気まずい時間が延々と続いた。とうとう、しびれを切らした安兵衛が口を開いた。

「やはり、皆に信頼されている誰かに盟主になってもらわんことには、人が集まらんな。家老衆はどいつもこいつも腰抜けばかりだが、小山《こやま》殿はいかがだろうか？」

小山源五右衛門《げんごえもん》は三百石取りの足軽頭で、大石内蔵助の叔父にあたる。これまで常に内蔵助と行動をともにし、浅野家の再興に向けて内蔵助に献身的に協力してきている人物だ。一見すると大石派のようにも見えるが、説得して仲間に引き入れることは十分可能だと安兵衛は睨んでいた。

内蔵助は日頃ぼんやりしていて自分の意見をあまりはっきりと言わないくせに、変なところでやたらと頑固だったりする。それに対して小山源五右衛門は、昼行灯と陰口を言われていた内蔵助と比べると、ずっとハキハキとやる気があって頼もしそうに見えた。安兵衛ら討ち入りを主張する者に対しても、以前から一定の理解を示すような発言があった。

「小山殿？　ううむ……いかがなものかな。あの御仁は人あたりこそいいが、少しばかり柔弱で、自分の見識を持たずただ流されているだけのように儂の目には見えるが」

原惣右衛門などはそう言って不服そうだったが、ほかに盟主となるような適任者もいなかったので、安兵衛の案をしぶしぶ承諾した。

安兵衛はさっそくその日のうちに、京にいる小山源五右衛門に対して、討ち入りの盟主を務めて頂きたいという内容の手紙を送った。源五右衛門からはほどなくして「気持ちはわかる」との返事が来た。安兵衛は大喜びして、苦楽をともにしてきた一番の同志である高田郡兵衛と奥田孫太夫をすぐに集めて、小山からの手紙を披露した。

「見ろ孫太夫。やはり小山殿じゃ。大石殿などよりもよほど、小山殿のほうが物事の道理をわかっておられるわ」

「おお、これは吉報。それでは、志ある者は小山殿の元に集えと、望みのありそうな者に触れ回って人を集めようではないか。小山殿の呼びかけとあらば、おそらくあと十人くらいは討ち入りに加わってくれるはずじゃ。総勢二十五人もいれば、討ち入りは十分可能じゃろう」

堀部安兵衛と奥田孫太夫はそんなことを言って二人で大はしゃぎしていたが、この知らせを聞いて一番大喜びしそうな高田郡兵衛は、力なく「そうか」と言って微笑を浮かべただけだった。こんな朗報が来たというのに、彼の顔はすっかり生気を失って、まさに心ここにあらずといった風情だ。


ようやく郡兵衛の異変に気づいた二人が、訝しんで尋ねた。

「どうした郡兵衛、最近どうも元気がないな。いつものお主らしくないぞ」

「どこか体の調子が悪いのか？　そうなら正直に言って、しばらく無理せず家で寝ておれ。討ち入りに差し支えては一大事じゃ」

するとと郡兵衛は、とたんに顔をくしゃくしゃにして、ぐすんぐすんと嗚咽をはじめた。いつも豪快で勇ましい郡兵衛が突然女々しく泣きだしたことに、安兵衛と孫太夫は嫌な予感を覚えた。何があった、事情を話してみろと説明を促すと、郡兵衛はだらだらと涙と鼻水を流しながら、絞りだすような声で言った。

「すまぬ、安兵衛、孫太夫！　俺は……もう討ち入りには参加できない！」

郡兵衛の突然の言葉に、安兵衛と孫太夫はポカンとした表情で顔を見合わせた。

「どういうことじゃ郡兵衛。何を訳のわからぬことを」

「俺は討ち入りの盟約から脱盟する。そうせねばならぬ。そうせねば、討ち入りそのものが潰されてしまうのだ……」

二人は呆然として、郡兵衛の意味不明な言葉にただ目を白黒させるだけだった。

「……はあ？」

十．元禄十五年　二月十五日（討ち入りの十か月前）

高田郡兵衛が涙ながらに説明したところによると、脱盟の理由はこうだ。

すべての発端は、郡兵衛の身に降って湧いた予想外の養子縁組の申し入れにある。郡兵衛の伯父に、内田三郎右衛門《うちださぶろうえもん》という旗本がいる。ある日突然、その男が郡兵衛の兄のところにやってきて、自分には子供がいないので、郡兵衛をぜひ養子に迎えて家を継がせたいと申し入れてきたのである。

吉良邸への討ち入りに参加すれば、騒擾と殺人の罪で打ち首はまぬがれない。親類縁者にも迷惑がかかってしまう。だから郡兵衛は、兄を通じてこの養子縁組を丁重にお断りした。しかし内田三郎右衛門にしてみたら、なぜ郡兵衛がこんな絶好の話を断ってわざわざ浪人を続けようとするのか、さっぱりわからなかった。

理由を尋ねてもどうにも歯切れが悪いので、おそらく、もっといい条件の養子縁組の話がほかにも来ているのに違いないと三郎右衛門は勘違いした。

三郎右衛門は、宝蔵院流の槍の達人である郡兵衛が、浪人の身で空しく一生を終えることを惜しみ、気の毒な郡兵衛を助けたいという純粋な親切心から養子縁組を持ちかけたつもりだった。それなのに損得勘定で天秤にかけられたと感じた三郎右衛門は激怒した。

私と郡兵衛は血がつながった親戚同士だというのに、自分の禄が低いから赤の他人との養子縁組のほうを優先するのかと言って、三郎右衛門はものすごい剣幕で詰め寄ってくる。それで郡兵衛の兄は弱りきってしまい、とうとう討ち入りの話を三郎右衛門に漏らしてしまったのだった。

兄は、三郎右衛門ならきっと郡兵衛の忠義の心を理解してくれるはずと信じて秘密を洩らしたのだが、結果は真逆だった。

その説明でおとなしく納得するどころか、三郎右衛門はさらに激怒したのである。自分は旗本である、旗本である以上、ご公儀のお仕置に不満を抱き、徒党を組んで騒擾を起こそうとする不届き者を見逃すわけにはいかぬ、いますぐご公儀に訴え出てやる、などと言いだしたのだ。

こうなっては兄弟そろって三郎右衛門に平謝りして、せめてご公儀に訴え出るのだけは勘弁してくれと頼み込むしかない。必死の説得の結果、ほかと天秤にかけていない証として郡兵衛が黙って養子になるのであれば、訴え出るのだけはやめてやろうということで話が落ち着いた。

かくなる上は、もはや郡兵衛には脱盟して三郎右衛門の養子になるよりほかの選択肢はなかった。そうしなければ、今まで吉良上野介殺害に向けて秘密裏に動いてきた同志たちは一斉に幕府に摘発されて、討ち入りそのものが崩壊してしまうのだ。


事情を説明し終わると郡兵衛は再びわっと号泣し、「すまぬ、すまぬ」と何度も大声で叫びながら床に突っ伏した。安兵衛も孫太夫も、そんな郡兵衛の姿を見て何も言えなかった。

「いつ頃から、その話を我々に黙っていた」

「ここひと月ばかりの話じゃ。急に養子の話が降ってきて、俺も戸惑っているうちに兄者と伯父上の間で勝手に話が進み、気がつけば退くに退けない状況になっていた」

「そうか……ということは先日、大石殿と話し合いをした時にはすでに、その養子縁組の話はあったということか」

「すまぬ……。その頃はまだ三郎右衛門殿が怒りだす前であったし、話が進む前にさっさと討ち入りを済ませてしまえばよいだけの話だと思っておった。

だいたい、あの時点でもし俺が大石殿に養子縁組の話などしてしまったら、まとまる話もまとまらなくなっておっただろうに」

安兵衛は一瞬だけ、郡兵衛のことを疑った。

そもそも郡兵衛は安兵衛と違って、浅野内匠頭への純粋な忠誠心から仇討ちに加わったわけではない。浅野内匠頭が生きている間は、むしろ主君に対する不満の多いほうの人間だった。なぜ槍の達人であるこの自分をもっと重く取り立てないのか、こんな見る目のない主君だったら、元の主君である小笠原《おがさわら》様のところにいたほうがよかったかもしれぬ、などと郡兵衛がしばしば愚痴っていたのを安兵衛は知っている。

そんな彼を吉良上野介への復讐に駆り立てたのは、ひとえに自分の将来を理不尽に奪われたことに対するやり場のない怒りだ。彼はもともと功名心が人一倍強い人間だったが、浪人に転落してしまったらもう、鍛え上げた武芸で功成り名を遂げるのは絶望的だ。

この泰平の世では二度とほかの家に召し抱えてもらえることもないだろう、ならば最後に、自らが恃む槍の腕前を存分に振るって立派な死に花を咲かせて散りたいものだ――それが、赤穂藩が取り潰されたあとの彼の口癖だった。

安兵衛はそんな彼の人柄や信条をよく知っていたから、この突然の脱盟に対して疑念が湧くのをどうしても止められなかった。

捨て鉢になって討ち入りに邁進していた郡兵衛の前に、幸か不幸か、旗本になれる道が開けてしまった。

それで彼は伯父や兄たちと相談して、仲間に疑われずに脱盟できるような一芝居を打ったのではないか。安兵衛の目には、養子縁組を断られた内田三郎右衛門の激怒ぶりが、やけに唐突すぎるように映った。


だが、安兵衛はその疑いを強引に吹っ切った。

彼は、人の悪意を一切相手にしない男だった。郡兵衛がそう言うのであれば、それが真実なのだろう。たとえそれが嘘であろうが、自分には関係ないことだ。そう割り切って、それ以上は深く考えないことにした。

一度誰かを疑い始めてしまうと、ほかの人も嘘を言っているのではないか、全ての人が自分を騙そうとしているのではないか、と疑いの心は際限なく広がっていってしまう。安兵衛は、そんな面倒なことに心をすり減らすくらいなら、信じて騙されたほうがずっと気が楽だと考えるような男だった。彼にとっては、騙されて損することよりも、疑いの念に捉われて自分の心が曇ることのほうがよほど気分の悪いことなのだ。

「わかった。郡兵衛、それは仕方のないことだな。いずれにせよ、養子縁組が決まって先の見通しが定まったのは大変喜ばしいことじゃ。達者で暮らすがよい」

そう言って、安兵衛は泣きじゃくる郡兵衛を優しく送り出した。疑いの言葉も、罵りの言葉も吐かなかった。ただ、もう二度と自分の前に姿を見せるなと思った。

「……なあ、原殿と大高殿にはなんて言う？」

去ってゆく郡兵衛を見送りながら、奥田孫太夫が憔悴しきった顔で安兵衛に尋ねた。

安兵衛は答えに窮した。

原惣右衛門と大高源吾は、十二月二十五日に江戸を発って京に向かうことになっていた。三月までに討ち入りを行うと決めたので、浅野家再興の件もそろそろ結論を出して、討ち入りの準備を始めないと間に合わなくなる。そのための今後の対応を相談する打ち合わせだった。

江戸の中心人物のひとりだった高田郡兵衛の脱盟は、この打ち合わせの時にきちんと皆に報告するのが筋だろう。だが、そんな話を聞かされたら、討ち入りに向けた勢いが大きく削がれてしまうことは間違いなかった。

十一月の江戸会議であれだけ必死に内蔵助に食い下がり、三月までに討ち入りをするという言質をやっとの思いで引き出したのだ。こんな土壇場で郡兵衛の脱盟を知らせてしまったら、討ち入りに向けた熱気が一気に白けてしまい、再び内蔵助にずるずると期限を先延ばしさせられてしまう可能性は非常に高かった。

「打ち合わせが済むまでは……黙っておくべき……だろうな」

「いいのか?」

「仕方あるまい。全てがぶち壊しになってしまう」

「原殿と大高殿の見送りはどうする? 我らはいつも三人一緒だったのに、見送りの時に高田だけがいなかったら二人も不審がるであろう」

「う……」

郡兵衛の脱盟を知ってて黙っていたと知られたら、もはや誰も安兵衛と孫大夫の言葉を信用しなくなるだろう。どうしても外せない用件があるといって、二人は揃って見送りに行かなかった。

ほどなくして、京から原惣右衛門の手紙が送られてきた。そこには「大石殿と話をしたが、上方の連中は話にならぬ。三月までに討ち入ると約束したはずなのに、何一つ準備も覚悟もできていない」「小山源五右衛門に対して、有志による討ち入りの盟主になってほしいと秘かに持ちかけたが、彼はわからず屋で呆れかえっている。彼は我々と大石内蔵助の間で二股をかけているのではないか」といった怒りと落胆のこもった内容が書かれていた。安兵衛は、自分たちがその手紙に責められているような気がしてならなかった。

打ち合わせは、一月十一日に山科の内蔵助の屋敷で行われた。集まったのは八名で、江戸から戻った原惣右衛門と大高源吾以外は、内蔵助の息のかかった浅野家再興派の者たちだった。郡兵衛の脱盟をまだ知らない惣右衛門と源吾は、三月までに浅野家の再興がならぬ場合は、予定どおり三月に討ち入りを行うことを改めて内蔵助にうるさく念押しした。

内蔵助には以前、赤穂城の受け取りに来た大目付の前で揃って切腹するという案を自分で言い出しておきながら、しれっと握りつぶしたという前科がある。これまでの仕事を通じて内蔵助の性格ややり方を熟知している惣右衛門は、冷静にしつこく食い下がり、内蔵助に面倒くさがられながらも、三月の討ち入り実施についてなんとか強引に言質を取り付けたのだった。

そんな会議のあとに、高田郡兵衛の脱盟の報がやってきた。

気まずそうな顔で、恐る恐る脱盟を報告する原惣右衛門と大高源吾を前に、大石内蔵助はもちろん烈火のごとく激怒した。

「はぁ!?　アイツ儂にさんざん、早う討ち入りせぇ早う討ち入りせぇ、討ち入りせぬは臆病風に吹かれたか、お前に忠義の心はないのかと好き放題に言うとったやないか。

ほんで自分はそれかいな。なぁーにが討ち入りの秘密を守るための脱盟じゃ。冗談も休み休み言えっちゅうねん！　伯父殿が怒って秘密をばらすと言っている？　アホか。実際それも、本当の話か疑わしいもんやなァ」

そう言って怒りをぶつけてくる内蔵助に、惣右衛門も源吾も何も言い返せなかった。内蔵助は憮然として「ええもん見せたるわ」と言って奥に引っ込み、一通の書状を持って戻ってきた。

「萱野三平が、親戚筋からの仕官の誘いを断れなくなって自害したで」

「……は？」

「十四日に独りで腹切ったらしい。それが、家族が届けてくれた遺書や」

「え……」

「気の毒なこっちゃ。あいつの親父は大島《おおしま》家に仕えとって、あいつも元々は大島家の人間や。たまたま推挙されて浅野家に来とっただけやから、そりゃ親父さんは当然、実家に戻って大島家に仕え直せって言うやろな。

せやけど三平は、亡き殿の無念を晴らさずにほかの主人に仕えるのは忠義ではないって一人で悩んどったそうやわ。かといって、仕官を断れば親父さんのせっかくの厚意を踏みにじることになる。主君への忠を取るか親への孝を取るか、板挟みになった末にあいつは自害を選びよった。遺書にはそう書いてある」

「……」

「どこぞの勇ましい御仁とは大違いの、健気さやな」

惣右衛門と源吾は、内蔵助の皮肉に血が出んばかりの勢いで歯を食いしばった。しかし何も言い返すことができない。

高田ァ……と二人はかつての同志を恨んだが、ここで高田を悪く言ってしまったら、内蔵助は「ちょっと前まで味方だった奴を、お前らはそんな簡単に切り捨てるんかい」と罵倒してくるに違いない。何も言えなかった。

「やめや、やめや。もうアホらしいでこんなん。今すぐ討ち入りせえ、早うせな吉良が逃げてまうで、ってギャーギャー考えなしに騒ぐのもええけどな、こんなん続けてたら、また三平みたいな哀れな死人を増やすだけやで。

まあ、そりゃたしかに吉良にガツンいわすことができれば最高や。せやけど現実問題としてそれはもう難しいんやし、浅野家が再興してみんなで幸せになるってのが、今のとこ一番まともな落としどころとちゃうか？」

「しかし……亡き殿の無念をそのままに捨て置くことは……」

するといきなり内蔵助はいきなり血相を変えて、ものすごい剣幕で惣右衛門を叱りつけた。

「じゃかあしいわ！　ほんなら高田みたいな腰抜けを出さんように、お前らがシャンと引き締めんかい！　このボケカスがッ！」

「うッ……！」

「この調子じゃどうせ、いざ討ち入りするでーってなった時に、直前で怖気づいて誰も集まらんかったなんてこともあるんとちゃうか？　あんだけ威勢のよかった高田がこの体たらくなんやぞ。生きるか死ぬかの瀬戸際になったら、人の心なんてさっぱりわからんもんやで？」

「でも……じゃあ、お、お家再興が上手くいかなかったらどうするんです？」

「そん時はそん時で考えりゃええやないか！　まあ、閉門なんてもんは大抵が三年で一区切りや。せやから、亡き殿の三回忌までに大学様の閉門が解けへんで、浅野家再興の話も進まんかったら、そん時はもう完全に望みなしやと、いいかげん諦めもつくわ。そうなったらもう破れかぶれやし、死ぬ気で吉良の首挙げて赤穂武士の意地をみせてやりゃええやん。これでどうや？」

「三回忌！　あと二年も待っていたら、吉良めの寿命も尽きるやもしれず、上杉家に引き取られて米沢に去ってしまうやもしれませぬ！」

「はぁ？　源吾……てめえ、こんなフニャフニャした腑抜けしかおらんのに、死を覚悟して吉良邸に討ち入って、存分に戦働きなんざできるとでも思とるのか？」

「……！」

血気盛んな大高源吾は「できます！」と意地だけで言い返そうと一瞬考えたが、その言葉はあまりにも説得力がなさすぎた。出かかった言葉を飲み込んで、ぐっと拳を握りしめて下を向く。

「二月に、もう一度同志を集めて会合を開くで。こないだの会合は、江戸の連中と上方の連中の考えが嚙み合うてなくて、いまいち結論がはっきりせんで終わってしまったが、今回は決まりじゃ。

吉良邸への討ち入りは殿の三回忌まで待つ。それまでは全力で浅野家の再興に向けて運動する。吉良へのご沙汰は……奴はもう隠居してもうたし望みはほとんどあらへんけど、もうええやろ。浅野家が元に戻ればそれで十分や。浅野家が再興されれば、それで皆の宿願は果たされたとして、この件は手打ちにしようや。それでどうや？」

「う……」

手早く結論をまとめに入った内蔵助の顔をじっと見つめながら、惣右衛門は静かに自分の気持ちの整理をつけていた。

さまざまな人間の板挟みになって、内蔵助が今までどれだけ苦労してきたか、すぐそばで仕事をしてきた惣右衛門は誰よりもよく知っている。だから、あれほど居丈高に内蔵助を罵っていた高田の変節に、うんざりする内蔵助の気持ちも痛いほどわかる。

事件から一年近く経って、元藩士たちの怒りが風化しつつあるのも実感している。もし浅野家の再興が勝ち取れたら、それをもってよしとして終わりにするという内蔵助の案も、それが一番賢いやり方だと思う。

それが一番賢いやり方だ。賢いやり方ではあるのだが——

惣右衛門の中に、内蔵助に対する恨みや怒りはない。むしろ共感のほうが強い。だが、かといって彼の指示に従うかどうかはまた別問題だ。

惣右衛門は、古い時代の剛毅な士風をいまだに捨てられない武士だった。

大坂夏の陣で徳川家康が豊臣家を滅ぼしてから九十年弱。泰平の世が続く中で、武士の考え方も悪く言えば打算的、よく言えば平和的なものに変わってきている。主君のために命を賭して仇を討つなどというのは、いまどき流行らない黴の生えた美談なのだ。そんなことは、彼自身も重々承知している。

だが、それでもなお惣右衛門は、自分はその時代遅れな「美しい武士」でありたいと考える人間だった。

二月十五日、山科で二度目の会合が開かれた。

この会議では、今年の三月までと決まっていた討ち入りの期限が、浅野内匠頭の三回忌までに大幅に延長となった。浅野家再興が最優先の課題とされ、吉良邸への討ち入りは、三回忌になっても成果が出なかったあとに考える最後の手段であるとされた。

この結論とともに、原惣右衛門と大高源吾は内蔵助との決別を秘かに決意した。この会合のあと、その思いが徐々に彼らの手紙の内容や行動に現れるようになる。

そして、まんまと討ち入りをずっと先送りできた内蔵助はというと、彼は彼で自分の思惑どおりだと喜ぶどころか、夜中に一人、文机にもたれながら苦々しい顔でちびちびと自棄酒を飲んでいたのだった。

「阿呆が……。どいつもこいつも、生半可な覚悟でいいかげんなこと言いおって。逃げたいのなら、儂のほうがお主らの百倍も逃げ出したいわ。なんで討ち入りしたくない儂がこんなくだらん話に嫌々付き合わされてて、自分から喜んで討ち入りじゃ討ち入りじゃと吠えとった奴がホイホイ手のひら返ししとるんじゃ。ホンマ、クソすぎるやろこんなん……」

十一．元禄十五年　四月十五日（討ち入りの八か月前）

なんか、わけわからん状況になってきたなぁ、と内蔵助は思った。

当初は五十名ほどだった討ち入りへの参加希望者が、ここへきて急に増えはじめ、百二十名程度まで膨れ上がったからである。

希望者が急増した理由は、幕府が赤穂藩士たちの討ち入りを秘かに望んでいるらしいという、江戸市中で流れはじめた噂にあった。

噂の発端は、昨年八月に吉良上野介が幕府から命じられた本所への屋敷替えだった。これによって周辺の警備が緩くなり、討ち入りは格段にやりやすくなった。しかもそれと同じ頃に、吉良上野介と懇意だった大友近江守《おおともおうみのかみ》や庄田下総守《しょうだしもうさのかみ》などが一斉に罷免された。それで、どうやら吉良上野介は幕府に干されたらしい、幕府ももはや吉良上野介を厄介者としか思っていない、という憶測が流れた。

いまや、吉良上野介は幕府の悪政の象徴のような存在になっている。

世間の批判と憎悪を集めすぎた吉良上野介が安閑と生きていることは、幕府にとっても危険な状態である。かといって幕府がいまさらのように吉良上野介を処分したら、そもそも松の廊下の刃傷事件の際に将軍綱吉自らが下したあの不公平な裁定はなんだったのだ、ということになってしまう。

それで、吉良上野介を殺したいのに殺せない幕府は、赤穂藩士たちが自発的に吉良上野介を討ち取るよう、秘かに仕向けているのではないかというのである。

噂の多くは「幕府も本音では赤穂藩士を応援しているのだから、討ち入りをしてもきっとお目こぼしをしてくださるに違いない」という希望的憶測とともに語られていた。幕府の冷酷なやり口を熟知している内蔵助は「そんな甘い話があるかい」と一笑に付したが、赤穂藩の下級藩士たちはその噂を聞いて色めき立った。

もし討ち入りに参加しても処罰されないのだとしたら、参加したほうが得なのではないか。

何しろ、主君の仇を討てば文句なしの大手柄だ。もし今後、浅野大学様を継嗣にして浅野家が再興されたとしたら、新しい浅野家の家中での序列は当然、討ち入りに参加したかどうか、その時にどれだけ活躍したかで決まるだろう。

討ち入りは騒擾と殺人にあたり、普通なら死罪である。だからこそ今までは参加を躊躇していたが、お目こぼしの可能性があるとしたら話は別だ――

そう考えた元藩士たちが、いまさらのように続々と、血判を押した神文を内蔵助のもとに提出してきたのである。文机の上に山積みになった血判状を眺めながら、内蔵助は呆然とつぶやいた。

「ホンマ、現金なもんやなぁ……」

新たに加わった者たちは、参加の動機として口々に亡き浅野内匠頭への忠義を訴えてくる。でも、それならば一年以上経ったいまごろではなく、最初から参加していればいい話だ。内蔵助は人の心の汚い部分に対してずいぶん寛容な人間だったが、そんな彼でも、この露骨なまでの浅ましさにはさすがにげんなりした。

堀部安兵衛をはじめとする江戸の連中は相変わらずで、幕府もきっと黙認してくれるのだから、今すぐ討ち入るべきだと激しく主張してくる。内蔵助は「もし万が一ご公儀が黙認されたとしても、上杉家が黙ってないはず」と手紙に書いて、江戸の血気盛んな連中を抑えるのに必死だった。

しかも内蔵助にはもう一人、抑え込まなければならない人間が家にいる。

「旦那様、吉良上野介殿への仇討ちを、亡き殿の三回忌まで先送りしたそうじゃありませんか」

　妻の理玖がどこから聞きつけたのか、冷ややかな顔でそう詰め寄ってきた。

　はぁ、こっちもか……と内蔵助は途端にみぞおちの辺りが重くなるのを感じた。理玖のこの口調と表情は間違いなく面倒なことになると、長い夫婦生活を通じて内蔵助は十分に理解している。

「仇討ちとはなんの話じゃ。儂はそんなこと一つも考えておらん。ご公儀に対して畏れ多いぞ、言葉を控えなさい」

「とぼけなさるのはおやめくださいませ、旦那様。……まあ、別によろしいですわ。旦那様はお仲間と、仇討ちの件は妻子にも他言無用という盟約をされておられますものね。それで、そのようなわざとらしい演技をされているのでしょう。ならば私は勝手に独り言を申しますので、旦那様も独り言で返してくだされればそれで結構です」

「なんだそれは」

　理玖があまりにも白々しいことを言うので内蔵助は呆れたが、理玖は勝手に「独り言」で内蔵助を詰問しはじめた。

「旦那様が吉良上野介殿への仇討ちを先送りされて、理玖は残念ですわぁ」

「先送りしたわけではない。しばらく様子を見ることにしたのじゃ」

「どちらも同じだと理玖は思いますねぇ。仮に様子を見るにしても、二年も先送りをするなんて、それはもう仇は討たぬと宣言するようなものです」

「別に、二年先送りと決まったわけではない。無論、浅野家の再興の結論が出れば、二年を待たずしてその時に相応の結論を出す」

「やっぱり、旦那様は亡き殿の無念より浅野家再興のほうを優先されるようです」


こんなことを言ってくる理玖に、悪意がないのは内蔵助にもわかっている。

内蔵助は、理玖の前では頼りがいのある筆頭家老を無理して演じてきた。だから、実は内蔵助が不甲斐ない自分に悩み苦しんでいることなど、理玖は思いもよらないのだ。

彼女はただ、自分が知っている「頼れる旦那様」に、自分が正しいと思うことを素直に伝えているだけだ。当然、内蔵助も賛成してくれると彼女は思っていたのに、いつもと違って今回はなぜか、内蔵助は理玖の言うことにやたらと反論してくる。結婚して初めて見る煮え切らない夫の姿に、理玖は理玖で戸惑っているのだ。

内蔵助は、そんな理玖の当惑した顔を見ながら心の中で詫びた。

すまんなぁ理玖。儂はもう、お主が望むような立派な主人、続けられそうにないわ……。

いままでずっと自分に嘘ついて、キラキラしとるお主にガッカリされんよう必死できばってきたんやけど、元々それに無理があったんや。もうごまかしきれん。儂は限界や。

理玖の考える筆頭家老と、儂が考える筆頭家老。見とる理想があまりにも違いすぎるんやわ。儂はいままで、そこをなんとかお主の理想に合わせようと背伸びしてきたんやが、その差はもう、どうやっても埋められん。

不甲斐ない旦那を赦してくれ。すまぬ理玖……。

翌日、内蔵助は改まった顔で理玖を呼び止めて、奥の間に入ると向かい合わせになって座った。

「理玖。お前にはいままでとても世話になったが、儂はお前を離縁しようと思う」

「突然、何を仰られるのですか？　私が何かご気分を損ねるようなことでも？」

気丈な理玖は、内蔵助にいきなり離縁を切り出されても表情一つ動かさない。あいかわらずの、肝の座った立派な武家の女房ぶりだった。

「うむ、そうじゃ。昨日は主人である儂に対して、さしでがましい放言を遠慮もなくまくし立ておって、もう我慢ならぬ。その振る舞いは無礼千万、僭越至極ゆえ暇を取らす。子供たちは実家に連れて帰れ。ただし、良金だけはつい先日元服を済ませた身。当家の跡取りとしてここに残しておくように」

「なんと！　それは……」

その先を言いかけて、聡明な理玖はとっさに言葉を飲み込んだ。このあまりにも唐突な離縁は、ようやく内蔵助が吉良邸への討ち入りを行う決意を固めた証だと勝手に理解したからである。


吉良邸への討ち入りを行ったら、その累は本人だけでなく家族にも及ぶ。それを防ぐために、討ち入りを決意した人間の一部はすでに妻と離縁して、妻子に罰が及ばないようにしていた。

理玖は、内蔵助が突然離縁を切り出したのもそれが理由なのだろうと考えたのだった。元服して主税《ちから》と名乗るようになった長男の良金だけを手元に残しているというのも、ますますその推論を補強した。内蔵助は、良金ならばもう十分に大人であり、仇討ちに参加させてもよいと考えたということだ。

「わかりました。旦那様の決意は固いようですね。それではいますぐ準備をまとめて、実家に帰らせて頂きます」

悲しそうな素振りをちっとも見せず、理由すら尋ねずにあっさりと離縁を受け入れた理玖の凜々しく誇り高い表情を見て、内蔵助はげんなりした。

せやな、理玖はそういう女や……。

本当は、少しくらい理玖に取り乱してほしかった。本人に全くその気はなくとも、こうも落ち着いて対処されてしまうと、なんだか理玖は内蔵助ではなく、まるで「浅野家筆頭家老　大石内蔵助」という概念と結婚していたみたいではないか。

別に儂、討ち入りするなんて一言も言うてへん。儂は無礼だから離縁すると言っただけや。

今後もし、状況が変わって討ち入りはしないと決まっても、儂は理玖に一つも嘘はついてへん。あとから理玖になんと言われようと、それは儂の言葉を勝手に解釈した理玖が悪いんじゃ。

内蔵助は必死で自分自身にそう言い聞かせたが、そんなものが醜い言いわけにすぎないことはわかっている。

儂、どんどんくだらない人間に成り下がっていくなぁ……。

内蔵助はあまりにも情けない気分で泣きたくなってきた。

だが、そんな内蔵助の葛藤を理玖は知らない。

模範的な武家の妻である理玖にとって、討ち入りに向けた身辺整理を始めた夫は途端に誇らしい存在になった。手際よくいそいそと実家に帰る準備をして、去りゆく山科の屋敷も隅々まできれいに掃除し、最後に三つ指ついて丁寧に暇乞いをした。形のうえでは喧嘩別れということになっているが、とてもそうとは思えない穏やかな離別だった。

「お体にお気をつけて。ご武運をお祈りしております」

「ははは、ご武運な。……何を言っておるかと言いたいところだが、今日くらいはまあよい。理玖こそ達者で暮らせよ。子供たちに風邪をひかせぬよう」

「ほんとうに……お体にお気をつけて」

言葉の途中で理玖は声を詰まらせ、顔を伏せた。

だが、しばらく黙り込んで再び顔を上げた時には、理玖はすっかり普段の凛々しい顔に戻っていて、礼儀正しく暇乞いの挨拶を述べて去っていった。内蔵助は、あの時に理玖は泣いてくれていたのだと思うことにした。

理玖と三人の子供たちがいなくなり、長男の大石主税良金だけが残された屋敷は、哀しいほどに静かで、もう四月半ばだというのに寒々としていた。

打てる手は全部打った。だが、おそらく浅野家の再興も、もう望みはそれほどないのだろうな――できるだけ考えないようにしてきたが、客観的に状況を観察した時、内蔵助もその厳然たる事実を認めざるを得ない。

　必死の運動にもかかわらず、吉良上野介は隠居を認められてしまった。赤穂藩が解体した時に、お家再興に向けた活動資金として残していた七百両も残りわずかだ。

　ここまで八方ふさがりの状況で最後の一発逆転を狙うとしたら、狙うべきはやはり将軍綱吉の母、桂昌院と、そこに取り入っている隆光だろう。なかなか思うように隆光に接近はできていなかったが、どの策も停滞し金も尽きつつあるという現状で、残りわずかな金をつぎ込んで最後の賭けに出るとしたらこの手しかない。内蔵助はこの最後の金を遠林寺の住職、祐海に託して江戸に送り出していた。祐海は悲壮な覚悟を胸に秘めて江戸に向かった。


　内蔵助は最近、もし浅野家再興が成らずに討ち入りとなった場合、藩士たちに流れる血はいかばかりだろうか、ということをぼんやり考えるようになった。

　現時点の手勢は百二十人、吉良邸の家臣はおそらく百人程度と推定されており、人数ではほぼ互角だ。だが最大の問題は、ただちに救援に駆けつけるであろう上杉家の軍勢との戦いである。おそらく三百人は下るまい。そんな大軍を相手に戦って、果たして何人が生き残れるだろうか。

それに生き残ったところで、敵味方総勢五百人以上が江戸の市中で本格的に戦をやらかしたとあったら、当然ながら打ち首ものの重罪だ。幕府がお目こぼしなどするわけがない。そのうえ、もし運悪く火が出たりなどしたら目も当てられない。

「はあ。百二十名も死ぬんか。せめて家族には累が及ばないようにせんとな……」

吉良邸から出た火が江戸中を焼き尽くし、激怒した将軍が「不届き者は家族もろとも根絶やしにせよ」と命じる姿を想像して、内蔵助は思わず身震いした。


そんな折、内蔵助が廓《くるわ》に行ったのは、ちょっとした出来心だった。

若い時分に付き合いで遊びを覚えて以来、所用で京に行った時など、内蔵助も人並み程度には廓に通って散財していた。

刃傷事件以降は亡君の喪中でもあったし、忙しすぎて遊んでいる余裕などなかった。ところが、山科に移り住んで生活が急に静かになり、理玖もいなくなって家が閑散となったところで、なんだか内蔵助は急に寂しくなった。

もう一年以上、儂は根を詰めっぱなしだったんじゃ。少しばかり気晴らししても罰は当たらんじゃろう――

そう思って、伏見の撞木町《しゅもくちょう》に一度だけふらりと行ってしまったのが運の尽きだった。

若い女郎に酒を注がれ、優しい言葉をかけられたらもう止まらない。これまでギチギチと自分を締め上げ続けていた箍《たが》が、カランと一発で外れてしまった。

伏見の撞木町に京の祇園、島原。

最初は一度だけのつもりで行ったのに、その日以来、毎夜のように内蔵助は廓に入りびたり、大酒を飲んで乱痴気騒ぎを繰り返したのだった。

「梅雨のよすがの憂きつとめ、こぼれて袖に、つらきよすがの憂きつとめェ……」

酔っぱらってそんな自作の地唄を歌っていると、愉快な宴席だというのに涙がちぎれてくる。声が震えてくる。

筆頭家老の家系に生まれた内蔵助には、幸か不幸か自分一代だけなら遊んで暮らすのに十分な財産がある。

浅野家の遺臣たちも、筆頭家老の立場も、理玖に対する面目も、全てかなぐり捨てて、ここで死ぬまで遊び暮らしたいなぁ……と、内蔵助はすっかり自暴自棄になって、ベロベロに酔いつぶれては女の腹の上で涙を流したのだった。

連日連夜、幇間《ほうかん》を引き連れて夜の街を泥酔して歩く内蔵助の姿は、またたく間に京の町中の噂になった。

最初のうちこそ元藩士たちも、「あれは吉良家の密偵をあざむき、自分に討ち入りの意志なしと信じ込ませて油断させるための深謀遠慮なのだ」などと無理に好意的に解釈してくれていたが、それにしてはあまりにもひどすぎる痴態だ。実は討ち入りの偽装でもなんでもなく、本当に飲んだくれて遊び呆けているだけなのではないか、という疑念が徐々に強まりつつあった。

かたや当の本人の内蔵助は、変に深読みしないで、とっとと自分に愛想をつかして全員離れていってくれへんかなぁ、とヤケクソな気持ちでいた。

生まれた時から周囲に期待され続けてきた「浅野家筆頭家老　大石内蔵助」を演じるために、いったいいままで自分がどれほど無理をしてきたことか。筆頭家老という看板は、そこまでして守らねばならないものなのか。こんなもの、かなぐり捨ててしまったほうが、ずっと自分自身にとってはいいことなのではないか。

自分はそこまでたいした人間ではない。堀部安兵衛みたいな勇者とは違う。儂は腰抜けなんじゃや、ほれ見てみろこの無様な姿を。

これまでの自分の努力が馬鹿馬鹿しくなった内蔵助は、いままでひた隠しにしていた醜悪な自分を世間に見せつけるように、酒を浴び女に戯れかかった。

だが、周囲の人間が「浅野家筆頭家老　大石内蔵助」にそれを許してくれない。

最初に苦言を呈してきたのは、息子の主税だ。

内蔵助は妻の理玖だけでなく、子供たちに対しても当然ながら「頼れる筆頭家老」を演じている。母親似の主税はそんな立派な父親を素直に尊敬して育ってきたわけで、あっという間に変わり果ててしまった内蔵助に対して、意見のひとつも言いたくなるのは無理のないことだった。

「父上。いったいどうしてしまったのです」

「はあ？　どうしたもこうしたもあるか。別にいつもと何も変わらんぞ儂は」

平静を装って必死に回答をごまかしたが、内蔵助は内心ぎくりとした。

これから主税が父に対して何を言おうとしているか、ぶるぶると震えている彼の表情を見れば一目でわかる。昨日から全然抜けていなかった酔いが、冷や汗とともに背中から一気に流れ落ちた。

「母上が家を去られてから、父上は変わってしまいました……」

「何を言うか主税よ。儂は変わってなどおらぬ」

「いえ。連日連夜、父上はお酒を召されて大騒ぎ。主税は、主税は……」

「なんだと！　父に対してなんたる言い草じゃ！」

思わず叱りつけていた。

自分でも理不尽極まりないと思う。でも、ここでじっくり主税と話し合いなどしてしまったら、きっと儂は途中で泣いてしまうと内蔵助は思った。

主税は母に似て、度がすぎるほどに生真面目な青年だ。そんな主税をここまで落胆させ、必死の覚悟で苦言を呈するまでに追い詰めてしまった自分自身が情けなくて、内蔵助は思わず声を荒らげた。

「下がれこの無礼者！　父に意見するなど百年早いわ！」

主税はうっすらと目尻に涙をためながら、小声で「わかりました」とだけ答えて部屋を出て行った。

閉じた襖の向こうで主税の足音が去っていったのを確認すると、内蔵助は文机に突っ伏して嗚咽した。鼻水がだらだらと文机に流れ落ちたが拭う気力もなく、ただ茫然と中空を眺めながら、嗚咽する以外に何もできなかった。


それから数日後、今度は叔父の小山源五右衛門と大叔父の進藤源四郎が、朝っぱらから血相を変えて内蔵助の家に怒鳴り込んできた。二人は何も言わなかったが、ああ、主税が二人に相談をしたんだな、と内蔵助は即座に察した。

「内蔵助殿。聞けば最近、貴殿は廓に入り浸って遊蕩の限りを尽くしておるとか」

「そんなことはありませせぬぞ叔父上」

「しらばっくれても無駄ですぞ。なんでも京童の間では、幇間を引き連れて泥酔しながら歩いている貴殿のことを、『赤穂でのうて、阿呆浪人』であるとか『大石軽うて、張りぬき石』などと歌って罵っているとか」

「だから、そんなことありませんって」

「黙らっしゃい！　貴殿は大石家の筆頭家老の身でありながら、このような醜態をさらして、家門の恥だとは思わないのですか！」

「だーかーら。そんなことありませぬぅよ……」

前夜の酒が抜けず、ろれつが回っていない状態でそんな風に抗弁したところで、ちっとも説得力がない。内蔵助の息の酒臭さに辟易しながら、源五右衛門と源四郎は呆れはてて互いに顔を見合わせた。


このままでは大石家の恥さらしだと、とにかく二人はまず内蔵助の廓通いをやめさせることにした。廓などに突然入れ込んだのは、きっと妻を離縁した寂しさが原因に違いないと勝手に決めつけて、二条通寺町の二文字屋次郎左衛門《ふたもじやじろうざえもん》の娘、お軽《かる》を内蔵助の妾として迎え入れるように大急ぎで話をつけた。

叔父上たちも余計なことを、と内蔵助は格好をつけて迷惑がったものだが、いざお軽が家にやってくると、そんな男らしい態度は一瞬で吹き飛んでしまった。

「お軽よ。お主もこんな中年男より、先のある若い者と夫婦になればよいものを、叔父上の強引な縁組に付き合わされて、すまぬことをしたな」

「いいえ。お軽は幸せでござりますよ。だって旦那様は以前、どこぞの国のお大尽様でいらっしゃったのでしょう。お軽のようななんの取り柄もない町娘がそんな方と夫婦になれることなど、普通で考えたらありえないことですから」

「はあ？　お軽、ひょっとしてお主、儂が何者であるかを知らされておらぬのか？」

「はい。どこぞの国のお大尽様であったということしか」

「……知りたいとは思わぬのか？」

「知ったところで何になりましょう。だっていまはもう、お大尽様はお辞めになられたわけですよね。それならもう、関係のないことではないですか」

　そう答えてあっけらかんと笑うお軽の顔を見て、内蔵助はしばらくの間ぽかんと口を開けていた。それと同時に、心の奥底から安堵感が湧き上がってきて、いままでいつも浅かった呼吸がすうっと深くなり、ずっと靄がかかっていた意識が急に晴れわたったような気がした。

「お軽。お主は、こんな儂と夫婦にさせられても、幸せだと申すのか」

「ええ。そうですけど？」

「おお……そうか、幸せか……。そうなのかぁ……幸せなのかぁ……」

いきなり内蔵助がだらしなく鼻水を垂らしながら嗚咽しはじめたので、お軽は驚いて内蔵助のもとに駆け寄った。内蔵助は泣きじゃくりながら、

「ありがとうなぁ、お軽……。こんなしょーもない儂でも一緒になれて幸せだと言ってくれて、本当にありがとうなぁ……」

と馬鹿の一つ覚えのようにありがとうと何度も繰り返したのだった。


その日以来、内蔵助はきっぱりと廓に行くのをやめた。家門の恥をこれ以上さらすのを防ぐことができて、小山源五右衛門と進藤源四郎もひとまず胸をなでおろした。ただし、廓に行くのは控えるようになった代わりに、毎日家でべろんべろんに酔っぱらって、そのままお軽の膝に倒れ込んで甘え倒した。人目に触れないだけで、やっていることは以前と全く変わっていない。主税は自室に籠ってしまい、あの日以来ほとんど顔も合わせず、まったく口もきいていない。

お軽と暮らし始めた当初、理玖との夫婦生活とのあまりの違いに内蔵助は戸惑った。決して、理玖との暮らしに不満があったわけではない。むしろ、有能な理玖が家の中

のことを万事遺漏なく完璧にこなしてくれている様を見て、こんなに素晴らしい妻がほかにいるわけがないと、ずっと誇りに思って満足していた。

しかしお軽と暮らしてみて初めて、内蔵助は自分が今まで家の中でどれだけ気を使って生きてきたのか、否応なしに痛感させられたのだ。

理玖に失望されたくない、理玖が満足するような男でいたい、という思いが常にあるので、内蔵助は家庭内で何か言葉を発する時に、誤解されないよう無意識のうちに慎重に言葉を選んでいた。理玖の顔色をうかがいながら話し、彼女が満足げにうなずくと、それでやっと安心できた。

それが当たり前だったので今まで全く気づかなかったが、お軽に対して、何も考えずにくだらない泣き言を吐きながら、夫婦の会話というのはこんなにも自由で気楽なものだったのか、と内蔵助は思うのだった。

「お軽ぅ……。儂ぁもう嫌なんじゃぁ……今すぐ逃げたいわぁ……。なあ、どこからともなく天狗が現れて、儂を山奥にさらってってくれへんかなぁ。もう、誰もいない山奥に逃げて独りで暮らしたいんや儂は。天狗来ぉへんかなあ天狗ぅ……」

そんな不甲斐ない内蔵助の姿を見ても、お軽はケロッとしている。

それで、「旦那様は天狗に来てほしいんですかぁ。来るといいですねぇ天狗」と、何も考えずにそのまま内蔵助の言葉を繰り返して答えるだけだ。

情けねえなぁ、こんなんじゃアカンやろ儂……。

強くそう思う一方で、その無意味な会話にこれ以上なく救われて、ダラダラと流されてしまっている自分がいる。

内蔵助はもう、自分がいったい何になりたいのか、何をしたいのか、さっぱりわからなかった。

十二．元禄十五年　七月十八日（討ち入りの五か月前）

もう、誰もが限界だった。

内蔵助も、安兵衛も、浅野家の旧家臣たちも。

全員が、この一年四か月間でわが身に降りかかったとんでもない厄災に疲弊し、わずかばかりの信念も枯れ果て、他人も自分も何一つ信じられなくなっていた。

自暴自棄に陥った内蔵助は、一時期の廓通いこそ控えるようにはなったが、お軽の膝にすがりついて情けなく泣き崩れる毎日だ。

江戸の連中は鼻息こそ荒いが、こちらも悩みは深い。

堀部安兵衛は、原惣右衛門、潮田又之丞《うしおだまたのじょう》、中村勘助《なかむらかんすけ》、大高源吾、武林唯七《たけばやしただしち》といった忠心鉄石のごとき同志たちと語らい、一刻も早い討ち入り実現に向けて熱心に話を進めていた。

そして安兵衛は六月の末に上洛し、原惣右衛門や大高源吾らと相談して、内蔵助を外して完全に自分たちだけの手で討ち入りを行うことを最終決断した。

だが、その勇壮な決意は出鼻から大いにくじかれている。

「くそッ！　大石殿の元には討ち入りを誓う百二十名余りの神文が集まっているという話ではないか。それなのにどうして、同じ討ち入りなのに我々が声をかけても誰一人集まらないのだ。おかしいではないか！」

中村勘助の家で開かれた同志たちの秘密会合の席で、そう叫んで安兵衛は慨嘆した。

彼はさっそく意気揚々と上方にいる元赤穂藩士たちに声をかけて回ったのだが、誰もが「なるほど、それは素晴らしい」と笑顔で賛同するくせに、「たしかに貴殿らの討ち入りに参加したい気持ちはやまやまなのだが、もう少し考えさせてくれないか」と言ってのらりくらりと即答を避けるのだ。

ならばと数日後にもう一度訪ねて回答を求めると「はてさて、何しろ一大事ゆえ事は慎重に判断せねばならぬ、なかなか踏ん切りはつかぬものじゃ」などと曖昧にはぐらかそうとする。一本気で気の短い安兵衛が「もうよい！　貴殿は参加の意志はないのでござるな？」と声を荒らげて迫ると、侮辱されて怒るどころか、少しほっとしたような表情すら浮かべて「いやいや、参加の意志がないわけではないのだ」と笑顔で穏やかに答える始末だ。

原惣右衛門が安兵衛をなぐさめるように言った。

「百二十余名集まったといっても、それは討ち入りしてもご公儀がお目こぼししてくれるやもしれぬという、巷の噂を聞いて集まってきただけの腰抜けどもじゃ。幕府の態度が変わったのを見て、浅野家が再興した時の出世を狙って慌てて同志に加わったような輩など、人数だけ揃っていてもあてにはなるまいよ」

「ぬう！　どいつもこいつも、骨のある人間は一人もおらぬのか！」


出世目当てで討ち入りに参加するような連中にとっては、足軽頭や馬廻にすぎない原惣右衛門や堀部安兵衛ごときが企画する討ち入りなど、最初から問題外なのである。彼らにしてみれば、筆頭家老の内蔵助が見ている前で手柄を立ててこそ意義があるのであって、江戸の連中の熱い呼びかけに対しては誰もが驚くほどに冷淡だった。

「我々の義盟への参加を断るだけならまだしも、大石殿よりも先に抜け駆けをして、自分たちだけ手柄を立てるつもりかなどと罵倒してくる阿呆すらおる！」

安兵衛らは、七月中に上方で頭数を揃えて皆で江戸に行き、すぐに討ち入りを行って吉良上野介の首を取るのだと決めていた。

だが、上方では結局数人しか集まらず、江戸の人数と足しても二十人弱で、以前からほとんど増えていない。これでは一人で吉良家の者五人以上を相手しなければならないことになる。討ち入るのならば少なくとも五十人程度は同志を集めたいところだった。

内蔵助は疲弊し、安兵衛も苦悩していた。

おそらくこの極限状態があとひと月も続けば、安兵衛は暴発して、志の固い少数だけで吉良邸に討ち入っていたはずだ。もしそうなっていたら、「忠臣蔵」の物語はいまごろ「忠臣安」に変わり、その中で大石内蔵助は、優柔不断な昼行灯として稀代の悪役のように描かれていたことだろう。

あるいは安兵衛らが勇ましく吉良邸に討ち入ったのはいいものの、準備が足りないうえに多勢に無勢であっさりと返り討ちに遭い、なんとも後味の悪い事件として、誰も振り返らず歴史の中に埋もれ去っていたかもしれない。

だが、天は二人に、そのどちらの道も選ばせなかった。

元禄十五年七月十八日、彼らの運命を決める幕府の裁定が下される。

浅野大学は閉門を解かれ、広島の浅野本家での預けにするという裁定だ。

失意のうちに山科に戻ってきた祐海の報告を聞いて、内蔵助は大きく嘆息した。

「……祐海殿。それは要するに、この遺恨の始末は浅野と吉良の間で勝手にせえと、ご公儀はすっかり様子見を決め込んだということか」

「誠に無念ながら、状況からいって、そうであろうと申し上げざるを得ません」

「ご公儀はもう浅野家は切り捨てるぞと。悔しければ吉良は本所におるから、討つもよし、討たぬもよし、どうするかはお主ら次第じゃと」

「……お上はそういうお考えなのでありましょうな、おそらく」

目を落ちくぼませた祐海が無念そうにそう言うと、内蔵助はへなへなと脱力し、思わず後ろに倒れ込んで、そこにあった文机に寄りかかった。

「こらアカン！　おしまいや。もうこれ以上、何も打つ手はあらへん……」


預けというのは大名や公家などの貴人に対する刑罰の一種で、親戚の家などで拘禁状態に置くことを意味する。

一時的な謹慎処分である閉門は三年もすれば解かれるのが一般的だったが、預けはれっきとした刑罰であり、特に期限はない。つまり幕府は、浅野内匠頭の弟である浅野大学を赦免して浅野家を再興させるどころか、逆に罪人であることを確定させ、執行する刑を決めたのである。

元藩士たちを一人も死なせないという決意のもと、内蔵助がこの一年四か月懸命に尽力してきた浅野家再興の運動は、これではっきりと失敗が確定した。その先に残っているのは、数多くの死が待つ吉良邸討ち入りだけだ。

浅野家の再興が難しくなってきていることは、内蔵助も覚悟はしていた。だが、浅野大学の閉門を解くどころか逆に刑罰を科すというのは、予想していた以上の厳しい沙汰だ。そこまで明確な意思があるのであれば、何もこんなに長い間待たせずに、さっさと決めてしまえばよかったのではないか。

「結局、ご公儀は最初から浅野家を救う気などさらさらなかった、ということか」

「そういうことでありましょう」

「それなのに一年以上結論を先延ばしにして、我々を泳がせていたと」

「はい……」

なんだか内蔵助は馬鹿馬鹿しくなってきた。幕府は内蔵助が思っていたよりもずっと冷静で、薄情で、そして賢かった。世論の沸騰ぶりを見た幕府は、ただ黙って一年半近くもずっと様子を見続けたのである。

幕府が正確に見切っていたとおり、飽きっぽい民草たちは時間の経過とともに、あっさりと事件に対する興味を失っていった。

怒りは疲れるのだ。吉良許すまじ、上野介憎しという思いを毎日のように口に出したり耳に入れたりするうちに、人々は悪意と向き合うことにだんだん厭きてきた。あれだけ毎日のように話題に上がっていた吉良上野介が、半年もすると誰もが「ああ、吉良ね。はいはい」と興味を示さなくなっていった。

最初のうちは赤穂藩の元藩士たちも、手持ちの金で食いつないで討ち入りを果たして死ぬのだという気概を持っていたが、一年も経てば金もなくなってきて、次の働き口を探さざるを得なくなった。それで曲がりなりにも次の働き口が見つかってしまえば、滅亡してしまった浅野家のことなどよりも、新しい今の生活のほうが大事になってしまうものなのだった。

そして、発生から一年四か月も経過し、事件が適度に風化した頃を見計らって、幕府は満を持して浅野大学への罰をやっと確定させたのだ。

飽き飽きとなった市井の人々も、もはやそれが幕府の横暴だなどと批判の声を上げたりはしない。「まあ予想どおりだったたな。そうだよな」くらいのあっさりとした反応を示したあと、驚くほどの他人事ぶりでこう嘯《うそぶ》くのだった。

「で、赤穂の奴ら、どうすんの？」

内蔵助はすぐさま、小山源五右衛門と所用で京にいた原惣右衛門のところに使いを送った。

七月二十八日に、京の円山、安養寺の塔頭重阿弥で、今後の進退を協議する会合を開催する。そのために、惣右衛門は討ち入りを主張してきた面々を集めよ、源五右衛門はこれまで内蔵助とともに浅野家の再興に向けて一緒に取り組んできた者たちに声をかけてくれ、という内容だった。

祐海が帰って部屋に独りになると、内蔵助は文机にもたれてがっくりと肩を落とし、ブツブツと独り言を言った。たらりと流れた汗はうだるような暑さのゆえか、はたまた心の焦りか。

「結局、ご公儀は最初から、ちっとも自分の非を認める気なんてなかったんや……。浅野家を取り潰して吉良上野介を生かした将軍様の判断は絶対に間違っとらん、っちゅうわけや。

でも、それをすぐに言うと角が立つから、今までのらりくらりと儂らにもええ顔してきたってことやな。ほんで内心では『ああ、浅野家の奴らが吉良上野介の首取ってくれへんかなぁ、そうなれば自分らが非を認めんでも世間が勝手に溜飲下げてくれるし、全部丸く収まって都合ええのになぁ』とか思っとったんや……」

拳がぎゅっと握られた。無性に腹が立ってきた。

昼行灯の内蔵助は、決して勤勉で責任感あふれる人間ではない。

それでも筆頭家老である以上、ここで逃げ出すのはさすがに人間としてどうだろうかという、彼の中で線引きされた最低限の矜持に引きずられるようにして、血涙を流しながらこの場に踏みとどまってきた。藩士たちが生き残ることができる、ほんのわずかな可能性だけを信じて。

そんな、この一年四か月の苦労はなんだったのだろう。自分がこれだけ必死に進めてきた請願を、幕府の上の奴らは最初から握りつぶす気で、ニヤニヤと笑いながら眺め続けていたということだ。

「なんやねん。それやったら、どうせ死ぬんやし赤穂城を素直に引き渡したりなんかせずに、籠城してご公儀にとことん楯突いてから死んだほうが気は晴れたなぁ、ホンマ……」

ぽかんと、中空を見上げてそう嘯く。あれだけ多くの人に罵倒され小細工まで弄して、内蔵助はやっとの思いで籠城を回避したというのに、結果的にはそれが最良の選択肢だったわけだ。

最初は脱力。それから諦念。しばらく文机にもたれかかって、次々と湧き上がってくる気持ちを整理していた内蔵助の心に、最後に残ったのは怒りだった。

「きったねえなぁ……汚ねえよ外道ども……。今まで、浅野家再興のために儂がどんな思いをしてきたと思とるねん……」

眉間にぎゅっと皺が寄った。情けなく下がっていた眉が、力強く跳ね上がった。

「許さへん。絶ッ対に許さへんで。このボケカスがぁ……」

一度はポッキリと折れて、糸の切れた凧のように流されていた心だった。

しかし、この自暴自棄だった三か月ほどの間、筆頭家老の役を演じることの馬鹿馬鹿しさにすっかり嫌気がさし、堕ちるところまで堕ちてみて初めて気づいたことがある。

もう何十年も「浅野家筆頭家老　大石内蔵助」を演じ続けているせいで、演じていない素の自分が何をしたいのか、さっぱりわからないのだ。

自分から筆頭家老の仮面を取り除いたら、その下から「本当の自分」とやらが自動的に顔を出すものだと思っていた。だが、取り除いた仮面の下から現れたのは、仮面とほぼ同じ形をした「本当の自分」の顔だった。

なんや。儂はやっぱり逃げたくないいんやないか。あんだけ筆頭家老は嫌や、逃げ出したいと泣き言を言っておきながら、責任を捨てて逃げ出す自分と、ぶつくさ言いながらも結局逃げずに踏み留まる自分と、どっちでありたいかと言われれば、気がつけばいつも逃げないほうを選んどるやないか儂――

内蔵助の肚は決まった。

もともと、浅野家の再興が失敗に終わった時に自分はどうするのだ、と少し前からぼんやりと頭の片隅にあったことだ。それがいま、はっきりとした現実として内蔵助の中に形作られた。

「ええで……こうなったら、こっちも徹底的にやったるかんな。万全に準備して、ほかの人には何一つ迷惑もかけず、ぐうの音も出えへんくらい完ッ璧な討ち入りをしてやるっちゅうねん。ほんで、清廉潔白で疵ひとつない、めっちゃ美しい忠義の士を演じきってやるわボケェ……」

力なくうなだれていた内蔵助の首がピシッと伸び、中空を睨みつける。

「そうすりゃ世の中の誰もが拍手喝采。殺すには惜しい、なんで殺すんやって、儂らを処刑したら今度はご公儀がごっつぅ悪者になるねんな。それに将軍様は儒教かぶれやから、立派で美しい武士を殺すのは絶対に嫌なはずや。でも法に触れとるから殺さなアカン、さぁどうする？　っていう板ばさみになるように仕向けて、将軍様をこれでもかってくらいに悩ましたるわ」

力強く立ち上がり、そして拳をもう一度握り直す。まるで自分自身に宣言するかのように、独り内蔵助は雄叫びを上げた。

「この儂になめきった真似しおったご公儀のアホども、絶対に許さへんで……こちとら生まれてこのかた四十年以上、筆頭家老の役を完璧に演じてきとるんじゃ。最高の討ち入りを演じきるなんざ、この儂にかかればお手のもんじゃい。やったるわ畜生。ほんで、幕閣のクソども全員、悩みに悩んで、心労で頭の毛が全部抜けてまうくらいまで徹底的に苦しめたる。見とれや、このクソがぁ！」

十三．元禄十五年　七月二十八日（討ち入りの五か月前）

七月二十八日、大石内蔵助ほか元赤穂藩士十九名が、京の円山にある安養寺の塔頭重阿弥に集った。

「なんで安兵衛、お前が京にいるんや」

開口一番、内蔵助はその場にいた堀部安兵衛に尋ねた。内蔵助抜きで討ち入りをするための相談でこっそり上方まで来ていました、などと正直に言うわけにはいかず、安兵衛はばつの悪そうな表情で「家の事情でござる」とだけ答えた。

「ほんで、なんで奥野はんや、叔父上たちは来とらんねん」

内蔵助は周囲を見回して不機嫌そうにぼやいた。これまで自分の右腕として、浅野家の再興のために尽力してくれていた頼れる奥野将監も、叔父の小山源五右衛門も、大叔父の進藤源四郎も会合に来ていないのだ。

「おそらく、お家再興が成らなかったので、気落ちしておられるのでしょう」

原惣右衛門がニコリともせずそう言うと、内蔵助は暗に自分が批判されているような気がして、その話を早々に切り上げて本題に入った。

「さて、おのおの方もすでにお聞き及びのことと思うが、先日ご公儀のご沙汰が下り、大学様は広島の浅野本家へのお預かりとなられた。

預かりということであれば、これは確定した仕置であり、無念ではあるが、もはや大学様による浅野家の再興は望めぬということじゃ」

内蔵助の説明のここまでは、場の全員がすでに知っているところだ。問題はこの先だ。内蔵助が次にどんな言葉を発するのか、誰もが緊張してその発言を待った。

「かくなる上は」

安兵衛は、続く言葉次第ではその場で内蔵助をたたき斬るくらいの覚悟でいた。

「かねての約定どおり、吉良邸への討ち入りを行う！」

凛とした声で内蔵助が力強くそう宣言すると、座から「おおお」というどよめきが起こった。これまでにどんな好機がやってきても、討ち入りは待て、軽挙妄動はならぬ、と言い続けてきた内蔵助である。過激な江戸の連中はうんざりして「あの昼行灯め、どうせ逃げ出すつもりなのだ」と完全に見限っていただけに、そうやってあっさりと討ち入りを宣言されると、意表を突かれて逆に「え？　討ち入りするの？」などと間の抜けたことを考えたりした。


「源吾！　弥左衛門《やざえもん》！」

「はッ！」

「儂が預かっているこの神文をお主らに預けるので、一人一人回ってこれを一旦返してきてほしい」

　そう命じられた大高源吾と貝賀《かいが》弥左衛門は困惑した。

「え⁉　預かった神文を返すのでありますか？」

「うむ。この神文は古いのだと一年以上昔のものもあるし、浅野家再興の望みが絶たれたいまは、昔と状況も全く違う。生半可な気持ちの者は、事に及んで怖気づいて、逆に足を引っ張ることになりかねぬから、むしろこの段階できれいに全部ふるい落としておくほうが得策じゃろう。

　お主ら二人は『浅野家の再興も潰えたいま、この神文も無意味となったからお返しする』とだけ言って返すのだ。それで黙って受け取った者は望みがないので、そのまま捨て置くがよい。もしその時に『無意味だから返すとは何事じゃ』と怒りだす者がおれば、その者は本物じゃ。その者にのみ、改めて討ち入りの計画を明かし、参加するかの意志を問え」

「は……ははッ！」

これまでの煮え切らなさが嘘のように明確で具体的な指示を出す内蔵助に、大高源吾は気を呑まれて、ただ返事をするのが精一杯だった。

「安兵衛ッ！」

「はッ！」

次に呼ばれたのは堀部安兵衛だ。ぎろりと睨みつける内蔵助の鬼気迫る視線に、肝の座った剣豪であるはずの堀部安兵衛が思わずたじろぐ。

「江戸の連中は、神文は返さんでええな？」

「……はい」

「なんやその腑抜けた返事はァ！」

「はいッ！」

「江戸の連中の覚悟は決まっとるってことでええんか？　って儂は聞いとんねん。あんだけいままで、討ち入りせぇ討ち入りせぇって意気上がっとったんや。いまさら尻尾を巻いて逃げ出すような奴が出てきたら、これ以上は承知せえへんからな。江戸のほうはお前がきっちり最後までまとめ上げるんやで。ええな！」

「ははッ！」

安兵衛は嫌な汗が自分の背中からにじみ出るのを感じていた。内蔵助が「これ以上は」承知せんと言っているのが、高田郡兵衛の脱盟を指しているのは明らかだった。

これまで安兵衛は、江戸の連中の間でなんとなく主導的な位置に自然と納まっていた。それなのに、内蔵助から改めて「お前がきっちりまとめ上げろ」と役割を命じられると、その責任に胃がきゅっと引き絞られるような気持ちになった。


内蔵助は頭を上げると、ゆっくり一同を見回して朗々と張りのある声で言った。

「ええか皆の衆。儂はいま、ごっつう腹立ってんねん。いままでさんざんっぱら、儂らが浅野家の再興に向けてきばってきたってのに、ご公儀はホンマ薄情や。かくなる上は、儂にもう迷いはないで。絶対に吉良めの首を取る。そのためにはなんといっても準備や。徹底的に準備して、慎重に事を進めなアカン。惣右衛門！」

「はッ！」

「吉良邸の見取り図は手に入ったか？」

「……いえ。警戒が厳しくてなかなか」

「吉良邸の普請を請け負った大工には当たったんか？」

「いえ、そのような手は考えておりませんでした……」

「アホか。大名屋敷の見取り図なんざ、そんなもん普通、どの大名家だって手に入るわけないわ。せやけど、吉良めは昨年に本所に越してきたばかりや。普請をした大工のとこにはまだ、絵図面のひとつも残っとるやろ。それを探してみい。

それと、吉良は儂らの襲撃に備えて、屋敷の中に複雑に竹垣をめぐらせて自由に動けないようにしとるっちゅう噂もある。せやから、出入りの小間物屋にでも扮して、なんとかして屋敷の中に入り込んで様子を探るんや。ええな！」

「ははッ！」

「それから、吉良の日課は掴んどるのか？」

「……いえ。警戒が厳しくてなかなか」

内蔵助は呆れたようにハァと大きく溜め息を吐いた。

「まったく……なんやねん、ホンマいままで何しとったんやお前ら。

ええか、討ち入ったはええけど吉良が不在だったたっちゅうんが最悪なんやぞ。せやから、徹底的に吉良の日課を調べ上げて、絶対に奴が家におる日を選んで討ち入らなアカンねや。わかるか？

で、吉良めの日課を探るなら茶の湯、連歌に限る。お前らの中にも、ちったぁそういうもんを嗜んどる奴もおるやろ。

吉良めは当代いちの数寄者《すきしゃ》や。世間の手前、遠慮してここ一年ほどは茶会や連歌会は開かんかったようやけど、隠居して気楽な身になって以来は、ぼちぼち再開しとるらしいで。この手の数寄の仲間うちの噂話はおそろしいほど広まるってことは、源吾なんかはようわかっとるわな」

粋人の大高源吾は、俳諧師の水間沾徳《みずませんとく》に弟子入りした俳諧の達人として藩内でも有名だった。

「たしかに、俳諧仲間の動静は、黙っていても勝手に耳に入ってきます」

「せやろ。だから、ちっとでも茶や俳諧を習ったことある奴は今すぐ、吉良めの周りをうろついとる茶人やら連歌師やらに正体を隠して弟子入りするなどして、なんとかしてその筋のつながりを作るんや。ほんで、そのつてで吉良が自宅で茶会を開くなんて話が入ってきたら儲けもんや。吉良はその日、絶対に家におるからな」

「ははッ！　承知しました」

「それから、討ち入りに使う武具は十内《じゅうない》が責任もって手配せえ。くれぐれも、赤穂藩士が討ち入りの準備をしとるって気づかれんように気をつけるんやで。用意した武具は、安兵衛と十平次《じゅうへいじ》と伊助《いすけ》の家に運び込んで、見つからんように隠しとき。

ただ、伊助の家は狭いし、吉良の屋敷の目の前やから、あんまり物騒なもんをたくさん置いとくのは危険やろな。伊助の家に置いとくのは梯子とか提灯とか、怪しまれない雑道具を中心にして、大物の武器甲冑の類は安兵衛の家に置いとくのがええ。安兵衛の家は広いからな」

「はッ！　直ちに取りかかります」

　手早く一通り指示を出し終わったあとで、内蔵助はゆっくりと一座を見回した。そしてドスの利いた声で大喝した。

「殿が討ち漏らした敵を討つのに、儂らがしくじるなんてのは恥の上塗りや。そんなん、絶対にありえへんからな。首を取る以外に、儂らの道はないと思え。討ち入りは泣いても笑っても一度きりや。ええなッ！」

　そう言われて、その場にいた一同がごくりと唾を飲み込んだ。一度きり、失敗は許されないという重圧を、ここで初めて全員が自分のものとして意識した。

「せやから、討ち入りを行う条件は三つや。一つは吉良邸の間取りや家来の人数などの備えの様子が手に取るようにわかっていること。二つは吉良めが絶対に屋敷におるという確認が取れること。そして三つめには儂らの準備が万全に整っておること。これが必須じゃ。一つでも欠けたら、絶対に儂は討ち入りはやらんで。絶対にじゃ。

　ほんで、儂は十月に江戸に降ることにする。それまでに全員、この三つを成し遂げることを肝に銘じて、儂が江戸に降るまでに自分のできることにそれぞれ取り組むように」

「ははっ！」

するとそこで、内蔵助の息子の主税が勢いよく手を挙げた。

「父上！　私めから、ひとつお願いがございます！」

「なんだ。申してみよ」

「父上は十月に江戸に降られると仰られましたが、それではそれまでの間、江戸での討ち入り準備を束ねる者がおりませぬ。しからば、私めを先んじて江戸につかわし、父の名代として江戸の同志の取りまとめをお命じ頂けませぬでしょうか？」

主税の目は真剣そのものだ。

三か月前、彼は廓通いに明け暮れる父に落胆し涙を流したものだが、彼が知る立派な父はちゃんと戻ってきてくれた。今の彼はその喜びに打ち震えながら、自分が父のためにできることは何かと考えてそう提案したのだった。


――人質、っちゅうことか。

やっぱり主税は理玖によう似とる。賢い子じゃ。

内蔵助は思わず目を細めた。

今こうして内蔵助は力強く討ち入りの実行を宣言したが、これまでの彼の態度から、江戸の過激な者たちの中には彼の本心を疑う者もまだ多いだろう。

だからこそ主税は、息子の自分が先に江戸に入って人質になることで、父に二心がないことを同志たちに示すことを自ら申し出たのである。

「うむ。よくぞ申した主税。それではお主はすぐに江戸に向かい、儂の名代として江戸の同志たちを束ねるのじゃ。任せたぞ！」

そして、予定していた全ての指示を出し終えた内蔵助は、改めてゆっくりと一同を睥睨《へいげい》すると、割れ鐘のごとき荒々しい大声でこの会議を締めくくった。

「儂は、絶対に吉良めを討ち取るぞ。おのおの方、気を引き締めぇや！　ええな？」

内蔵助の力強い呼びかけに、その場にいた十八人が雷霆にでも撃たれたかのように「おうッ！」と野太い声で応えた。

かくして、それまでずっとダラダラ先延ばしにされてきた結論が、ついに討ち入りと決まった。いざその時が来ると、あっけないほどその決断はあっさりしたものだった。

預かった神文を大高源吾と貝賀弥左衛門に返却させている間、何人が残るだろうかと内蔵助はぼんやりと考えていた。

百二十名のうち、半分も残れば御の字やろうな――

いや、むしろこんな酔狂に付き合う人間は、少なければ少ないほどええ。

大石家の親戚筋の者と、五百石以上の禄を食んでいた者は、赤穂藩の中枢にいていままでいろいろな特権を享受してきたのだから、吉良上野介を討って亡君の仇を討つ責務はあるだろう。だが、家中でろくにいい目も見ていない微禄の者が、山鹿《やまが》先生の忠君の教えにあてられて、わざわざこんな酔狂に付き合って命を捨てる必要はないと内蔵助は考えていた。

だが、いざこのような危機に直面した時、いち早く神文を提出した者の大部分は微禄の下級藩士たちだった。

赤穂藩はかつて、高名な儒学者で軍学者の山鹿素行《そこう》を招いて藩士たちの教育にあたらせていた。山鹿素行が赤穂を去ってはや二十五年以上、亡くなって十五年あまりが経つが、主君への忠義と武士としての心構えを説く彼の教えは、いまだ赤穂藩の質実剛健な士風として色濃く残っていた。そしてそれは、純朴で影響を受けやすい下級藩士のほうに特に強く受け継がれている。

そのせいか、浅野家の恩を多く受けたはずの高禄の藩士ほど如才なく立ち回って、気がつけば煙のように忽然と姿を消しているのに、下級藩士ばかりがこの沈みゆく泥舟に愚直に居残っていた。

内蔵助は決して責任感も正義感も強いほうではなかったが、それでもこの状況は、家老職にあった者としてなんとなく恥ずかしかった。

「まあ、なんやかんやで結局、四人いた家老で残っとるのは儂だけやしなぁ。今まで真面目に働いとった大野と安井と藤井がさっさとシッポ巻いて逃げだして、昼行灯とか陰で言われとった怠け者の儂だけが残っとるんやから、世の中ホンマわからんなぁ」

ハア、儂は何をやっとるんやろ、と内蔵助は自分自身の一貫性のなさにほとほと嫌気がさしていた。数日前には怒りに任せて円山の会合で力強く討ち入りを宣言したものの、日が経つにつれて冷静さも戻ってきて、内蔵助の心もまだぐらついている。

いまの内蔵助の中には、幕府への復讐に燃える熱い自分と、馬鹿馬鹿しいことやってんなぁ、とそれを冷笑している自分がいる。どちらが本当の自分なのか、内蔵助自身にもよくわかっていない。

内蔵助は浅野家の再興をもっとも強硬に主張していた人間である。彼の願いは藩士を一人も死なせないことだったが、その願いは失敗に終わった。だとしたらもう、そこから先の吉良邸の討ち入りにまで、わざわざ彼が付き合う義理はないのである。

浅野家再興に失敗したからもう知らぬ、そこから先はお前たちで勝手にすればよいと言って脱盟しても、堀部安兵衛などは激怒して斬りかかってくるだろうが、ほとんどの者は、そりゃ内蔵助なら当然そう言うだろうなと納得はしたはずだ。

だが、ほかの家老たちと同じように無責任を貫くことに、彼はほんの少しばかり良心の呵責を覚えてしまった。

本来なら、吉良邸への討ち入りはもっと早い時期にとっくに終わっていたはずなのだ。それなのに、自分が取り組む浅野家再興運動に無理やり付き合わせたせいで、一年半も彼らを待たせてしまった。

これだけ待たせておいてあとは勝手にせいというのはさすがに無責任やろ、というのが内蔵助の討ち入り参加理由なのだが、たかがその程度の義理のためにわざわざ自分の命を懸けるほどのことか？　という思いは内蔵助の中にずっとある。

「子々孫々に至るまで卑怯者の汚名を着せられようが、離縁した理玖から情けないと罵倒されようが、それでもええ、生き恥をさらしてでも儂は生きたいんや、と言って逃げ出すという手もないわけではないんだよな……」

それなのに、なんで自分はその道を選ばないのだろう？

主君への忠義のために死ぬなんてアホらしい、いまはもうそんな時代やないって、以前の自分はあれほど強く信じていたのに。

そして数日後、そんな内蔵助の迷いに追い打ちをかけるような報告が、大高源吾からやってきた。

これまで彼が自分の右腕として絶対の信頼を置いていた奥野将監と、叔父の源五右衛門、大叔父の進藤源四郎が、そろって神文をあっさりと返却してきたのだ。

十四．元禄十五年　十月七日（討ち入りの二か月前）

「……はぁ？　ちょ、ちょお。冗談やろそれ」

　奥野将監と小山源五右衛門、進藤源四郎が黙って神文を受け取ったという報告に、内蔵助はすっとんきょうな声を上げて大高源吾に聞き返した。

「いえ、たしかにお受け取りになられました。拙者もそれはどうかと思って、出過ぎた真似とは存じながら、このお三方にだけは思わず『お受け取りなさるとして、亡き殿のご無念についてはどうお考えなのですか？』と尋ねてしまいました」

「そりゃそうやろな。そう聞きたくなる気持ちはよくわかる。儂も聞きたいわ。……で、どういう答えやった？」

「浅野家の再興がないのであれば、もはや消えてしまった家の仇など討ったところでなんになる、それは単なる憂さ晴らしであって誰の益にもならぬ、というお答えでした。お三方とも」

「なんやと？　長年浅野家のご恩を受け続けた身でありながら、誰の益にもならぬという理由で、殿のご無念など知らぬ、捨ておけというのか？」

「……お三方としては、そこまでの重い意味のお言葉ではないのかもしれませぬ。ですが我々としてはその言葉、そのように解釈せざるを得ませぬ」

「ぬぅッ！……わかった源吾、大儀であった。三人には儂から手紙を送って、再考するよう促しておく」


山科の屋敷まで報告に来た大高源吾と貝賀弥左衛門が帰ると、内蔵助は顔をくしゃくしゃに歪ませながら文机にがばと突っ伏して、「もういやじゃぁ……どうしてこう、どいつもこいつもクソなんじゃあ……」と呻いた。

自分だって、無責任に逃げ出したい気持ちを必死で抑え込んで、迷いながらこっちの側にかろうじて踏みとどまっているのだ。それなのにどうして、周りの者たちはこうもあっさりと去っていってしまうのか。これでは自分がまるで、貧乏くじを引かされた馬鹿者みたいではないか。

しばらく放心状態で文机の上に伏せていた内蔵助は、のそのそと芋虫のように動きだすと、遅々として進まぬ筆で三人への手紙を書いた。書いたはいいが、こんな手紙ごときで戻ってくるはずもなかろうと、出す前から結果はわかっていた。案の定、三人は二度と仲間には戻ってこなかった。

後日、内蔵助は小山源五右衛門と進藤源四郎の二人が語っていることを人づてで聞いた。彼らは「内蔵助の廓通いがひどすぎて、こんな自堕落な人にはついていけないと失望した」と周囲に言いふらしているらしい。

内蔵助の叔父や大叔父であってもこの体たらくである。ふたを開けてみれば、自分の味方だと思っていた人物は皆、浅野家の再興という利益のもとに集まっただけの味方だった。その利益が消滅したあとにも内蔵助とともに行動してくれるほど、彼らはお人好しではなかった。

そして今、内蔵助の元に残っている者たちだって、吉良上野介を討って自らの信念を貫きたいというギラギラした目的のために集まっただけの味方である。こいつらもつい数週間前までは、内蔵助を見限って勝手な行動に踏み切る寸前までいっていたわけで、真の意味での内蔵助の味方とはいえない。

はあ、自業自得といえばそうなのかもしれんが寂しいなぁ、と内蔵助は嘆息した。

筆頭家老としての自分と、大石内蔵助という一人の人間としての自分が中途半端にずれているのが、自分の一番よくないところだと内蔵助は思う。そのせいで、責任感と熱意あふれる理想的な筆頭家老にもなりきれないし、かといって、筆頭家老の責任を放り投げて自分の好きなように生きることもできないでいる。

最終的に、神文返しを行ったあとにも義盟に残った人数は六十名ほどだった。この人数を内蔵助はよしとした。

もとより百二十人の半分も残れば上出来だと思っていたし、あまり人数が多すぎては京から江戸に向かう旅費や武具の準備に金がかかってしまう。何より、そんなに人数がいては討ち入りの際に目立ちすぎる。本所の吉良邸にいる家臣は百名程度と推定されていたが、完全武装して深夜に奇襲すれば、六十名対百名というのは十分に勝算のある数字だと思われた。

その後に控える上杉勢の大軍との戦いを考えると、六十人というのはいかにも心細いのだが、上杉勢をまともに相手にしたら六十だろうが百二十だろうが、どちらにせよ全滅は必至だ。そこは戦い方でなんとかしのぐしかないな、と内蔵助は肚をくった。

十月七日、内蔵助は一年ほど住んだ山科の屋敷をあとにした。

十中八九、この家にはもう戻れないだろう。だが、吉良邸に討ち入るつもりだという噂が立ってしまうのを避けるため、内蔵助はお軽に対しても仔細は説明せず、所用で江戸に出かけるとだけ伝えて家を発った。

「お軽よ、もう一度よく顔を見せておくれ」

「なんですか、たかだかふた月ほど家を留守にされるだけではないですか。そんな深刻な顔をなされては、こちらも変な気分になってしまいます」

そう言って明るく笑うお軽の顔を、内蔵助はまともに見ることができなかった。

「お体に気をつけて、いってらっしゃいませ。お軽はお待ちしておりますよ」

お軽が内蔵助の肩口に火打石をかかげ、カチ、カチと切り火を打った。

「おう。すぐに戻るぞ。お軽も達者でな」

ボソボソと小声で言い残すと、内蔵助は前を向いて玄関の扉を開いた。

雲一つなく青く澄みわたった、気持ちのよい秋晴れの空が眼前に広がる。

少し離れたところで同志たちが自分を待っている。そこに向かって足を踏み出した内蔵助は、もう二度とお軽と山科の屋敷のほうを振り返ることはなかった。気づけば涙が自然とこぼれて嗚咽が込み上げてきたが、肩を震わせてしまったらお軽に気づかれると、歯を食いしばって必死に噛み殺した。

ああ。なんやねんホンマ。

泣いとる儂が馬鹿者みたいや。腹が立つほどいい天気やなぁ畜生……。

内蔵助は垣見五郎兵衛《かきみごろべえ》という偽名を名乗り、五人の同志とともに東海道を東に向かった。いきなり江戸に入ると幕府や吉良家の密偵に感づかれる危険があるため、浅野家の江戸屋敷に出入りしていた豪農、軽部五兵衛《かるべごへえ》に話をつけ、川崎の平間村にある彼の家を借りて、そこを当面の拠点とする算段となっている。

内蔵助は、箱根までたどり着いたところで少しだけ寄り道をすることにした。

「たしか、曽我《そが》兄弟の墓がこの辺りにあったと聞いたが」

鎌倉時代にあった曽我兄弟の仇討ちは、五百年以上経った江戸の世においても仇討ちの模範として名高く、歌舞伎の演目などにもなって人々に親しまれている。父親を殺された十郎《じゅうろう》と五郎《ごろう》の曽我兄弟が、源頼朝《みなもとのよりとも》が催した富士の巻狩りの機会をとらえて、父の仇である工藤祐経《くどうすけつね》を討ったという故事である。

内蔵助は、箱根にある曽我兄弟の墓に参拝することにした。はるか昔の仇討ちの先達を前にして願うはもちろん、吉良上野介への仇討ちの成就だ。

「ここに眠る曽我十郎、五郎の御霊よ。我らこれより江戸に降りて、憎き亡君の仇、吉良上野介を討ち果たさんとする者どもなり。願わくは我らの赤心の志を聞き届け、その神霊のご加護をもって、無事に本懐を遂げさせ給え」

墓に線香を手向けながら、内蔵助は一同を代表してそう口上を述べ、静かに手を合わせた。しかし心の中では全く違うことを考えていた。

「曽我の十郎はん、五郎はん。儂はアンタらのように純粋にはなれまへん。

儂らが討とうとしとる相手は吉良上野介っていう奴なんですがね、変な話ですが、儂は正直言って、顔を見たこともない吉良上野介に対してそこまで怒りはないんですわ。儂をいま突き動かしとるのは、江戸の将軍様への怒りです。

こんな気持ちで仇討ちして、ええんですかね十郎はん、五郎はん。

お二人には大変失礼なことを申し上げますがね、儂は、仇討ちみたいなくだらないことで無駄に命を散らすことに、いまでも迷いがあるんですわ。うちの家臣も吉良家の家臣も、できるだけ死なせずにこの茶番を終わらせることはできへんもんかななんて馬鹿なことを、儂はこの期に及んでグジグジ考えとるんです。ホンマわけわからん話で。

――ま、しっかり者の十郎はんと五郎はんにそんな話をしても詮無いことですな。少々フニャフニャしとりますが、ちゃんと肚はくくっとります。

十郎はん、五郎はん。見たってくださいな。

かくなる上は儂、アンタらを上回るくらいの、非の打ちどころのない立派な仇討ちをしてやりますねん。ほんで江戸中の喝采と同情を集めて、いけ好かない将軍様をギャフンと言わせたるんです。

この大石内蔵助の一世一代の大芝居、とくとご覧くだされ！」

ずいぶんと長い間、内蔵助は墓に向かってじっと手を合わせていた。そんな内蔵助の姿に、伴の者たちは討ち入りにかける彼の並々ならぬ決意を勝手に感じ取って、その背中を頼もしそうに眺めていた。

長い参拝を終えると、内蔵助は墓に生えていた苔を少しだけ剝ぎ取って、それを守り袋の中に入れた。

「これで曽我兄弟も我らをお護りくださる。吉良めの命も風前の灯じゃ」

内蔵助がそう言うと、一同は「まさにそのとおり」と豪快に笑い合った。

平間村に入った内蔵助は、すぐさま精力的に活動を開始した。

内蔵助が討ち入りの条件としたのは、吉良邸の間取りと、吉良上野介がどの日なら確実に家にいるかの情報を手に入れることだ。幸いなことに吉良邸の間取りは、断片的ながら大工から絵図面を入手したり、近所で火事があった時のどさくさに紛れて火の見櫓に登って上からのぞき込んでみたりといった方法によって、建物の大まかな配置は把握できている。

吉良邸の敷地の三方をコの字型に囲むように、二階建ての長屋が建てられていて、そこに上杉家や三河の吉良庄から送られてきた、選りすぐりの腕利きたちが起居していることがわかった。その長屋がちょうど、外壁を越えて侵入してくる不審者に対する防壁のような位置関係になっているのが非常に厄介だった。

最初のうちは、警備の厳重な表門や裏門は避けて、外壁の手薄な場所を乗り越えて討ち入る計画を組んでいた。だが、長屋の配置が明らかになっていくにつれて、その作戦は逆に危険だということになった。

たしかに外壁を乗り越えるほうが侵入は容易だが、それだと侵入後は、外壁と長屋の間の狭い路地のような空間に全員が降り立つことになる。これでは、駆けつけた吉良家家臣たちに両端をふさがれてしまった場合、袋の鼠になってしまう危険性が高かった。

それならば、多少の抵抗を受けてでも表門と裏門を破って正面から突入したほうが、突入後の行動の自由が確保できて好都合だろうという結論になり、そのように作戦は変更になった。

さらに、同志の毛利小平太《もうりこへいた》が持ち込んだ情報に、内蔵助は思わず膝を叩いて快哉を叫んだ。

「でかしたぞ小平太！　やはり吉良の屋敷には竹垣などなかったか！」

以前から、吉良の屋敷内には何重にも竹垣がめぐらされているという噂があった。赤穂藩の元藩士たちの襲撃に備えて、不案内な侵入者が自由に邸内を行き来できないようにするための備えである。絶対に失敗が許されない内蔵助としては、この噂の真偽を確かめ、本当に吉良邸の内部が絵図面どおりになっているかどうかをどうしても確認しておく必要があった。

そこで内蔵助は、吉良家の家老に宛てた手紙をある筋から入手し、同志の毛利小平太を小間使いに化けさせると、この手紙を吉良邸に届けるふりをして屋敷内を偵察してこいと命じたのだった。小平太はこの期待に十分に応えた。

彼は豪胆にも、返事をもらうまで待たされている間に、厠に行くふりをして勝手に部屋を出て屋敷内を堂々と見て回り、返事が出てくる頃に何食わぬ顔で元の部屋に戻ったのだった。その結果、これまで絵図面などで得ていた断片的な情報はかなり正確で、また吉良家の備えも実際にはそこまで厳重ではないということがわかった。

武器防具の調達と搬入も順調だ。秘かに持ち込まれた武具は、堀部弥兵衛・安兵衛親子が暮らす家などに分散して保管してある。

着々と進む討ち入りの準備に手ごたえを感じつつ、内蔵助は初めて知る自分の意外な一面に戸惑いを覚えていた。馬鹿馬鹿しいと以前は言っていた討ち入りが、いざ始まると非常に楽しいのである。

討ち入り回避を目指す内蔵助のこれまでの仕事は、さまざまな雑音との戦いだった。浅野家再興という目標のために、あの手この手で反対意見を抑え込み、過激派の暴走を止めた。臆病者という罵詈雑言を浴びながら、仇討ちという英雄的な仕事に背を向け、お家の再興という地味な仕事に必死で取り組んだ。

これが藩士たちのための最善の行動だったと、内蔵助は今でも信じている。それでも、下げたくもない頭を下げ、誰一人として表立っては褒めてくれないこの仕事は気分が盛り上がらなかった。心労で何度も吐きそうになった。


ところが、そうまでして頑張ってきた浅野家再興が失敗し、仕方なく仇討ちの準備に気持ちを切り替えたら、とても気分爽快なのである。

主君の無念を晴らすため憎き悪を討つという、わかりやすく心躍る痛快な目標。覚悟のない人間は神文返しでふるい落とされ、残った者たちの団結は鉄石のごとく固い。自分の立てた方針に異論をはさむ者は一人もおらず、醜い足の引っ張り合いもない。それどころか、指示を出すと誰もが自らの役割を考え、指示した以上のことを自発的に成し遂げてくれる。

吉良邸の図面の入手、上野介の予定の調査に武具の手配など、目の前の課題はどれも困難だが、やるべきことは明確で迷うこともない。難しければ難しいほど、少しうまく進んだだけで大きな達成感がある。

「せやけどこれ、人を殺して自分も死ぬための準備なんやで、実際……」

内蔵助はときどき、そうやって自嘲的に独り言をつぶやいた。

何を浮き浮きしとんねん、何も生み出さんやろこんな不毛な復讐、と何度も自分に冷たく釘を刺してやらないと、安易にこの楽しさに呑まれてしまいそうで怖かった。


かつて赤穂藩の筆頭家老だった頃、内蔵助は本当に仕事が嫌いだった。

彼のもとに次々と持ち込まれてくる厄介事はどれも灰色で、彼がそれに白黒つけると、白のほうも黒のほうも文句を言ってくるのだ。

そんなん知らんがな、と心の中でため息をつきつつ、それでも内蔵助は筆頭家老に生まれついた者として、嫌々ながらその白黒つける作業を黙々とこなしてきた。思い入れを深くしすぎるとつらくなるから、よく手を抜いた。そうしたら、いつしかついたあだ名が「昼行灯」だった。

ところが、筆頭家老の職を失い、浅野家再興の希望も潰えたいまごろになって、内蔵助は討ち入りという「わくわくする仕事」に初めて出会い、その楽しさに戸惑っている。

「ちゃう！　ちゃうで！　これは無駄死にのための準備やない。将軍様にガツンと一発かますための準備なんや！　だから儂はやる気になっとるんや！」

仕事にやりがいを見出し、生き生きと取り組んでいるいまの自分と、仕事なんて、どうせ熱心にやったぶんだけつらくなるだけやと冷めた目で見ていた少し前の自分。どっちが本物の自分なのか、さっぱりわからなくなってしまった内蔵助は、そうつぶやいて強引に自分の戸惑いを抑え込むのだった。

ある程度の準備が整った十一月五日、内蔵助は満を持して、ついに川崎の平間村を出て江戸に入った。あとは吉良上野介の屋敷に討ち入るだけである。

十五．元禄十五年　十一月五日（討ち入りの一か月半前）

堀部安兵衛は最近、大石内蔵助という人間がさっぱりわからなくなった。

もともと、何をやっているのかよくわからぬ男である。

同じ家老でも、大野九郎兵衛や安井彦右衛門の働きならば安兵衛の目から見てもよくわかった。だが、安兵衛のような下の立場の者にとっては、藩内での内蔵助の役どころはいまいちわからない。

それで、浅野内匠頭が切腹し、ほかの家老たちが霞のように姿を消したあとで、安兵衛は初めて彼の仕事ぶりをまともに目にしたわけだが、最初の頃の内蔵助の態度は武士らしい潔さが全く感じられず、安兵衛はずっと苛立ちを抱き続けてきた。

それが、浅野大学が広島藩の預かりになり、浅野家再興の可能性が完全に消滅してからの内蔵助の凛々しさときたらどうだろう。

いつも態度のはっきりせぬ、ぼんやりした昼行灯だと最初は思っていた。

それなのに、円山での会合では力強く吉良邸への討ち入り決行を宣言し、その覇気はその場にいた者たちを圧倒した。活動開始の前に預かっていた神文を各自に返して、決意の鈍い者をふるい落としたのも正しい判断だと思う。

自分たちが必死で呼びかけた時は、討ち入りの参加者は二十人も集まらなかったのに、内蔵助が一声呼びかけるや否や、神文返しでふるいをかけてもなお、六十人近くが喜んで参加するのである。筆頭家老という肩書の威力はあるにせよ、皆の態度のあまりの違いに、安兵衛は屈辱と怒りを感じざるを得なかった。

原惣右衛門などは諦めたように嘆息しながら、

「大石殿は、絶対に持論を押しつけようとはせぬ。来たければ来い、来たくなければかまわぬといって相手に判断をすべて預けるから、逆に人が集まるのであろう」

などと言って、これは我々には真似できぬことじゃと素直に感心している。安兵衛としては、お主はどちらの味方なのだと文句のひとつも言いたくもなる。

ただ、さんざん紆余曲折はあったが、いまの内蔵助は自分の味方だ。味方になるとこれほど頼りになる人物もいなかった。

何しろ、自分たちが取り組んでいた時には一向に進まなかった討ち入り計画が、内蔵助が討ち入りをすると宣言した途端に必要な人数が集まり、やるべき作業とその担当が明確になり、各作業の期限が切られ、嘘のように力強く前進しはじめたのである。

主君の仇を討って本懐を遂げたい安兵衛としては嬉しい限りの状況のはずだが、なんとなく手放しでは喜べない自分がいた。今まで昼行灯だとさんざん罵って見下していた相手が、自分よりもずっと鮮やかに討ち入りの準備を進めている。その逃れようのない事実を、安兵衛はどうしても素直に受け入れることができない。


自分は、本当は何がしたかったのだろうか。

いつも揺るがない安兵衛の心に、ほんの少しだけ迷いが生まれた。


ただひたすらに、殿の仇を討って侍の本分を全うしたいという忠義の心で今まで頑張ってきたつもりだった。だが実は自分は、己が他人よりも優れていることを示して自尊心を満たしたかっただけで、そのための手段として殿の仇討ちに躍起になっていただけではないのか――

安兵衛は、そう考えかけて途中で思考を打ち切った。そのような迷いに下手に深入りしてしまうと、自分が自分でなくなってしまう気がした。

自分は忠義の男。忠義の男として生き、忠義の男として死んでいくだけだ。そう自分に言い聞かせて、安兵衛は目先の仕事に気持ちを切り替えることにした。

日本橋石町三丁目の小山屋弥兵衛の宿屋に滞在していた内蔵助は、報告にやってきた大高源吾を満足げにねぎらった。

「そうかそうか。山田宗徧《やまだそうへん》殿に弟子入りが叶ったか。それは吉良上野めの動静を探るのにうってつけじゃ。でかしたぞ源吾」

源吾は多才な風流人で、子葉《しよう》という俳号を持つ練達の俳人であるだけでなく、茶の湯の心得もある。彼は町人に身をやつし、脇屋新兵衛《わきやしんべえ》という偽名で茶の湯仲間を広げていき、ついに吉良上野介とも親交があるという茶人、山田宗徧に弟子入りすることができたのである。


準備はすべて整った。あとは、吉良上野介が確実に家にいる日を突き止めて、その日に行動を起こすだけだ。

ところが、肝心の吉良上野介の所在がなかなかつかめない。

内蔵助が江戸に入ったら、すぐに討ち入りを決行するものだと誰もが思っていたが、吉良上野介の予定を把握することは想像以上に難しく、じりじりとした焦りと苛立ちが広がる。決行を待つ日が長引くうちに、すでにポロポロと十名ほどが討ち入りの盟約から脱落していた。

急に家族が恋しくなってしまった者。死への恐怖で酒や女に溺れてしまった者。理由も告げずにある日突然失踪した者。

打ち首覚悟で主君の仇を討つなどという酔狂な行為は、ふと我に返ってしまった者が負けなのだ。そんなのバカバカしいじゃないか、などと一瞬でも思ってしまったら、あっさりと心は折れる。

神文返しでふるいにかけられた、鉄のごとき意志を持つ者たちですらこの体たらくなのである。堀部安兵衛などは土壇場の脱盟者たちに憤慨していたが、内蔵助はとても彼らを責める気にはなれなかった。

「焦ってはならぬ、焦って留守のところに討ち入ってしまうのが一番の恥、決してやってはならぬこと。機会は一度きり。やり直しは利かぬのじゃ……」

そう自分に何度も言い聞かせて、内蔵助は決定的な情報の到来を粘り強く待ち続けた。そしてついに、大高源吾から待ちに待った知らせがやってきた。

「十二月五日。十二月五日じゃ。山田宗徧先生がこの日、吉良邸で行われる茶会に招かれたそうな。茶会が開かれるということは、吉良の奴は必ずこの日は屋敷におる」

ちょうどその時、内蔵助は安兵衛の家で原惣右衛門ら主だった同志たちと、討ち入りに関する最終確認を行っていた。内蔵助はその知らせを聞くや否や、勢いよく立ち上がって叫んだ。

「同志に告げて回れ！　時は来た。十二月二日に全員で会合を行う！　吉良邸への討ち入りの手はずを伝える会じゃ！　ゆめゆめ欠席することのなきよう！」

冷え込んだ乾いた空気が肌を刺す。

朝から雲ひとつなく、からりと晴れわたった日だった。十二月二日、深川八幡の前にある大茶屋の二階に、頼母子講《たのもしこう》の寄合と称して五十人ほどの男たちが集まった。

普段から頼母子講の会場としてよく使われていた茶屋であり、店の者たちも慣れっこで怪しむ様子もない。内蔵助ら赤穂浪士たちが討ち入り直前の打ち合わせを行うには実に都合のよい店だった。

「皆の衆、機は熟した。我ら浅野内匠頭の遺臣四十余名、あとは一同うち揃って吉良家の屋敷に討ち入り、上野介殿の御首級を挙げるのみである。

不測の事態があるやもしれぬゆえ、決行の日はまだ直前まで見極めが必要だが、ひとつには三日後の十二月五日、この日は吉良上野介殿の屋敷で茶会が開かれることが確認されておる」

内蔵助がそう告げると、一同が「おおお」とどよめいた。

「この日はひとつの有力な候補だが、まだ決まりではないことに留意するように。正式な討ち入りの日は追って沙汰する。

その日が来たりなば、おのおの、これから伝える手はずどおりに集まり、存分に槍働きをされんことを願う。忠左衛門《ちゅうざえもん》、討ち入りの際の掟を」

は、と返事をして吉田《よしだ》忠左衛門が、内蔵助が定めた掟を読み上げた。

「討ち入りにあたり、功の大小を競ってはならぬ。誰が上野介の首を取っても功は同じである。我らは常に一心同体と考え、たとえ何人斬ろうが手柄は変わらぬことをゆめゆめお忘れなく、自らの持ち場で果たすべき役割を果たされんことを」

忠左衛門が説明する注意を聞き漏らすまいと、誰もが真剣に耳を傾けていた。続いて内蔵助が、十三か条からなる「人々心得之覚書」を読み上げる。そこでは、討ち入りにあたってのさまざまな注意事項が細かに定められていた。

当日の集合の仕方や、役人に会った場合の回答の仕方などから始まって、吉良上野介の息子を討ち取っても首は捨て置くこと、味方の負傷者はできるだけ助けだすが、肩を貸しても歩けなければその場で介錯して置いていくことなど、色々な決め事がある中で、「追手がやってきたら、全員ふみとどまって戦うこと」の項を内蔵助が読み上げた時には、広間に重苦しい緊張感が走った。

五十人近い同志が集まったいま、百人程度と推定されている吉良邸の家臣たちと斬り結んでも、互角以上の戦いはできるだろうと誰もが考えていた。敵の寝込みを不意打ちするわけだし、こちらは甲冑を着込んで槍も持っている。

だが、吉良上野介を探しだすのに手間取るうちに、上杉家が救援に駆けつけてしまったら勝負のゆくえはわからない。全ては時間との戦いであろう。

静まりかえった広い室内。内蔵助の芯のある声だけが凛と響きわたる。

「よいか。江戸中が儂らを見ている。赤穂藩浅野家の名を汚すような真似だけは絶対にしてはならぬ。

吉良家の者以外に害をなし、みだりに市中を騒がすこと、ご公儀に歯向かうような不遜な態度を取ることは、全て亡き殿を辱めるものと心得よ。

ご公儀が思わず舌を巻いて感心するような、立派な討ち入りをやってのけて本懐を遂げるのだ。よろしいか」

おう、と五十名弱の男たちが一斉に拳を振りあげて力強く答えた。一階にいた茶屋の店番たちは、頼母子講でどうしてこんな息の合った大きな掛け声があがるのだろうかと、少しだけ不思議そうに上の階を見上げた。

ところが、ここまで準備万端で進めていたというのに、決行前日になってこの計画は急変する。翌日は討ち入りだと誰もが肚を決めて、めいめいが最後の一日を静かに過ごしはじめたその時、将軍綱吉が側用人の柳沢吉保《やなぎさわよしやす》の下屋敷を訪ねることが急に市中に触れ回られたからである。

この下屋敷は、現在は六義園として知られている。七年前にこの屋敷を将軍から拝領した柳沢吉保は、長い年月をかけて庭を造営し、ようやく今年になって見事な庭園を完成させたばかりだった。綱吉はこの新しい庭園をいたく気に入って何度も訪れているが、不逞の輩による襲撃を避けるために、将軍の外出が江戸の市中に触れ回られるのはいつも直前のことだった。

吉田忠左衛門、原惣右衛門、堀部安兵衛ら幹部たちは、慌てて内蔵助のもとに集まって善後策を協議した。

「なんでじゃ……どうしてよりによってこんな日に」

「しかし、いまさらもう、討ち入りの日付を変えることなどできぬ！」

「いや……駄目じゃ。中止じゃ。将軍のお成りとあらば、市中は厳戒となる。そんな中で討ち入りなどしたら、すぐに気づかれて通報されてしまう」

それでも討ち入りを決行しようと逸る堀部安兵衛を、内蔵助は厳しい表情を浮かべながら制した。

「安兵衛、ここは堪えよ。好機は再び来る。これまでの吉良めは貝が殻を閉じたように屋敷に籠って、ほとんど誰とも付き合おうとはしなかったが、最近は気も緩んできたのか、茶会などに顔を出すことが増えてきた。

ましてや今は年の瀬、年忘れの茶会は必ずある。ここまで慎重に事を進めておきながら、こんなところで軽はずみな行動に出て、全てを無にするのか」

安兵衛にはそう説明したが、内蔵助が討ち入りの延期を決めた真の理由は違った。市中の警備が厳しくなるというのもたしかに一因だが、それよりも将軍の外出時に騒ぎを起こして幕府の印象を悪くすることを彼は恐れた。

内蔵助にとっては、ただ吉良上野介の首を取るだけでは無意味なのだ。討ち入りは幕府が膝を打って感心するような、そして処罰するには惜しいと思わせるような、何ひとつ非の打ちどころのない「従順な反抗」でなければならない。

「ぐッ……しょ、承知いたした」

「安兵衛、無念はわかるが気持ちを切り替えよ。必ずやってくるその時を待つのじゃ。源吾、引き続き山田宗徧殿の元に通って、茶会の予定を聞き込んでくれ」

決行するかどうかは直前までわからぬと、前もってさんざん釘を刺していたとはいえ、この突然すぎる中止判断による一同の気落ちは大きかった。明日には命のやり取りをして、そのあとに自分は死ぬのだと一度は極限まで昂らせた気持ちは、そう簡単に収まるものではない。

これは、あと十日も決行が遅れてしまったら、もう持たぬぞ――

祈るような気持ちで、吉良の動向に関する情報を内蔵助がじりじりと待っていると、数日後に大高源吾から絶好の新情報がもたらされた。

「十二月十四日に、吉良邸で年忘れの茶会が開かれます。当然その日、吉良上野介は屋敷におります」

それでも慎重な内蔵助は、主だった同志たちを安兵衛の家に待機させて、いつでも動けるようにしつつ、源吾以外の筋からも、その情報を裏付ける話が取れるまで最終判断を待った。そして別の複数の筋からも、十二月十四日の年忘れ茶会に関する情報を得て裏を取ることができた。

もう今度こそはあとがない。内蔵助は、どんな不測の事態が起こってもこの日に討ち入りを行うしかないと肚をくくり、力強く立ち上がると周囲の者たちに向かって大きな声で宣言した。

「よし。十二月十四日や！　今度こそ、この日に討ち入りを決行する！」

十六．元禄十五年　十二月十四日（討ち入り当日）

時刻は寅の刻（午前四時）。ひたすら底冷えのする夜だった。

前日に降った大雪が嘘のように、空には雲一つなく、満月に近い月が冴え冴えと西の空低くに輝いている。

しんと静まりかえった深夜の町。

響きわたるのは、固く凍りついた雪を、ざく、ざくと踏みしめる四十七人の男の足音だけだ。足音は吉良上野介の屋敷のすぐ近くにたどり着いたところで一旦止まり、半分がせわしない小走りの音に変わって、屋敷の反対側にある裏門のほうに消えていった。一人だけが塀の曲がるところに残って、曲がった先をじっと見つめていたが、何かを確認すると大きく手を振って合図を送ってきた。

「裏門組も配置についたようです」

原惣右衛門がそう言うと、大石内蔵助は一同を落ち着かせるように、ことさら低く抑えた張りのある声で表門組二十三名に号令をかけた。

「それでは各々方、討ち入りでござる。手はずどおりに抜かりなく存分に働きめされよ。ゆめゆめ、吉良めを取り逃すことのなきよう。さあ、声を上げられよ」

内蔵助がそう言うと、一同は一斉に「火事だ!」「火が出たぞ!」と門に向かって大声で叫んだ。裏門のほうからも同じように叫ぶ声が聞こえてくる。

この時代、火事はもっとも恐ろしい災害であり、火事だという声が上がったら、何よりも先にまず避難路を確保するという習慣が人々の骨の髄まで沁みついている。それで吉良家の門番が慌てて門を開いたところに斬り込むというのが内蔵助たちの作戦だったのだが、吉良家の者もさすがに日頃から訓練されていて、正確な状況を把握するまでは迂闊に門を開いたりはしない。

やはりそう簡単にはゆかぬかと、内蔵助は吉田沢右衛門《よしださわえもん》と岡嶋八十右衛門《おかじまやそえもん》に目配せした。二人が素早く塀のそばに駆け寄って、用意していた縄梯子をかけると、すかさず大高源吾と間十次郎《はざまじゅうじろう》がするすると梯子を登っていった。

塀の上に立った二人は、しゃがみ込んで屋敷内に飛び降りると長刀をすらりと抜き放ち、すぐさま表門の脇に作られた門番の詰所に向かって駆けていった。二人に続いて、血気にはやる同志たちは我先にと縄梯子をよじ登り、次々と塀の向こうに飛び降りていく。

固く閉ざされた豪壮な造りの表門の向こう側から、剣戟《けんげき》の音と吶喊《とっかん》の声、不意を突かれた敵のものと思われる悲鳴や怒号が聞こえてくる。ほどなくして、門番を全員片付けたか、閂《かんぬき》が外されて表門がギギギとゆっくり内側から開かれた。内蔵助は中から顔を出した大高源吾に報告を求めた。

「怪我人は？」

「原惣右衛門殿と、神崎与五郎《かんざきよごろう》殿が少々。深手ではありませぬが、戦うことは……」

「どこを斬られた？」

「いえ……斬られたのではなく、お二人とも塀から飛び降りた時に足をくじいて」

「はぁ？　何をやっとるか惣右衛門と与五郎は」

内蔵助は拍子抜けしてすっとんきょうな声を上げたが、表門を制圧してまだ誰一人として刀傷を負っていないのは上出来だと言ってよいだろう。

開いた門から、縄梯子の順番待ちをしていた残りの人数が一気になだれ込んで、暗い邸内に消えていった。

腕に覚えのある者たちで構成される突入役は、屋内戦闘組と屋外戦闘組に分けられ、必ず三人か四人一組で行動することをあらかじめ定めている。彼らは頭の中に叩き込んだ吉良邸の間取りの記憶をたどりながら、暗闇の中、自分の進むべき道を斬り進んでいく。

堀部弥兵衛老人と村松喜兵衛《むらまつきへえ》老人が率いる逃亡者捕縛組は、表門の前を固めて、逃げてくる吉良家の者があれば捕縛するとともに、門の外から部外者や役人がやってきた時の応対を受け持つことになっていた。

「久太夫《きゅうだゆう》、藤左衛門。あそこの長屋の窓や入り口に目を配れ。顔を出す者がいたらただちに射すくめて、奴らを長屋の中に釘付けにするのだ。与五郎も、足はくじいていても弓は引けるな？」

内蔵助は弓を持っている間瀬《ませ》久太夫、早水藤左衛門、神崎与五郎の三人にそう命じた。

内蔵助にとって最大の脅威は、邸内をぐるりと囲むように建つ二階建ての長屋だ。吉良家の腕利きの家臣たちがこの長屋から一斉に飛び出してきてしまうと、人数では半分ほどでしかない赤穂浪士たちはあっという間に数的不利になってしまう。だが、暗闇の中から狙いすました矢が飛んでくれれば、長屋の中にいる吉良家の家臣たちも警戒し、思い切って外に飛び出してくることは難しくなる。

「右衛門七《えもしち》と勘六《かんろく》は、二人でそこの長屋の入り口を固めておけ。そして、出てくる者がいたら片っ端から突き殺すのじゃ。一人たりとも長屋から出してはならぬ。肝心な役目ぞ」

槍を持った矢頭《やとう》右衛門七と近松《ちかまつ》勘六は、内蔵助に命じられたとおりに長屋の入り口の陰に身を潜めた。みだれ髪のまま寝間着姿で刀を抜いて慌てて出てくる吉良家の者たちが、二人の姿に気づくより前に、暗い物陰から突き出される槍でばたばたと倒されていく。またたく間に長屋の入り口には吉良家の家臣たちの死体が山積みとなった。

よし、これで長屋は抑え込んだ。緒戦は制したな。あとは吉良めを見つけだすこと、そして……。

内蔵助は屋敷の玄関前に立ち、用意していた長さ十尺ほどの長竹を力強く地面に突き刺した。竹の先端には、討ち入りに至った理由を記した口上書が結び付けられている。それから腹の底から大声を張り上げて、高らかに名乗りを上げた。

「浅野内匠頭の家来、ここに推参。吉良上野介殿の御首級を頂き、主君の恨みを雪《そそ》ぐために参った。吉良上野介殿、いざ神妙にお出になられるがよい！」

その声に応えるかのように、屋敷のあちこちから「浅野家家臣、参る」「主君の仇、吉良上野介はいずこ」「覚悟！　覚悟！」といった声が上がる。声の位置から、同志たちがもう屋敷内の至るところに踏み込んで制圧していっていることがわかった。

塀のそばからは、小野寺十内老人が隣の土屋佐渡守《つちやさどのかみ》の屋敷に向かって大声で呼びかけている声が聞こえてきた。

「ご隣家の皆様、我らは赤穂の浅野内匠頭が家来で、主君の仇である吉良上野介殿を討ち果たさんがために推参した者。夜更けにたいそうお騒がせの節、誠に恐縮至極ではござるが、貴家に一切の害意はござらぬ故、もののふの道はお互い様と心得、くれぐれもお手出し無用でお願いしたい」

すると土屋邸の塀の上に高張提灯がにゅっと突き出され、ゆっくりと左右に振られた。おそらく、声に出して返答はできないが事情はわかった、自分たちは手出しをしない、という意思表示であろう。

火事だという叫び声に続いて飛び交う怒号や剣戟の音に、周囲の住人たちもすっかり吉良邸内の騒ぎに気づいていた。その知らせが方々に行きわたるのも時間の問題だ。急がねば。どんなに遅くとも夜明け前までには片を付けて点呼を取り、隣の回向院に籠って布陣を整えておかないと、上杉勢の大軍を迎え撃つことはできない――

内蔵助の心は、すでに吉良上野介の首級を挙げたあとの対応に移っていた。

吉良邸を制圧する作戦については、もう何度も何度も練り直して完璧に仕上げている。戦の立ち上がりで不測の事態が起こることだけが不安要素だったが、ここまで順調に屋敷内に踏み込めていればもう大丈夫だろう。

堀部安兵衛などは、吉良上野介の首級さえ挙げられれば本懐は遂げたので、その場で切腹してすぐさま殿のあとを追ってもいいくらいに思っているし、他の同志たちも討ち入り後のことなど何も考えていない。

だが、内蔵助は少しでも多くの人数を生き延びさせて、将軍にその処分を悩ませることを目論んでいた。そんな彼にしてみたら、自分たちが上杉勢と戦ってあっさり全滅してしまうようでは困るのである。

吉良邸のすぐ裏手に回向院がある。

ほかの者が吉良邸の偵察ばかりを熱心に行っている中で、内蔵助だけは必勝祈願と称して、一人で何度も回向院に足を運んでいた。そして境内の建物の配置や塀の高さを確認して、誰をどこにどう配置して上杉の大軍を食い止めるかを必死で脳内に思い描いていた。その時、四十七人の浪士のうち何人が戦える状態で残っているかはわからないので、もし二十人残っていたらどうする、三十人残っていたらどうする、といくつかの場合に分けて作戦を考える周到ぶりだった。

別に、何日間も戦い続けるわけではない。戦うとしてもせいぜい一刻か二刻（二〜四時間）程度である。それだけ経てば必ず幕府が仲裁に入り、戦いは強制的に中断させられるはずだと内蔵助は見ていた。

それまでの数時間を上杉の大軍を相手に、同志たちを一人でも死なせずに持ちこたえること。それこそが内蔵助が将としてずっと考え続けていたことだ。

「まだか……まだ見つからぬのか……」

半刻もすると大勢は決して、戦闘の音は散発的にしか聞こえなくなった。その頃になると、吉良家のうちで勇敢な者は完全武装の赤穂浪士たちに寝間着のままで立ち向かい、あらかた斬り伏せられてしまっていた。多くの者は早々に逃げだしたか、外に出るに出られず長屋の中に隠れて縮こまっている。邸内に響くのは、襖を蹴破り天井板を槍で突き刺して吉良上野介を探し回る、赤穂浪士たちの乱暴な怒号だけだ。

怪我人は、足をくじいた原と神崎と、近松と横川《よこかわ》が斬られたが軽傷。思ったよりも手負いが少ないのは上々じゃが、肝心の吉良めが見当たらぬとは……。

浪士たちから続々と寄せられる報告を頭の中で整理しながら、内蔵助は焦れた。吉良上野介の隠居所となっている別邸には、上野介のものと思われる寝具があった。まだ十分に温もりは残っていたが、そこに本人の姿はなかったという。表門と裏門を固める組からは、逃げ出そうとした者は全て斬り伏せるか捕縛するかして、取り逃がした者はいないとの報告が来ている。

あるいは、秘密の抜け穴などを通じてまんまと邸外に逃げおおせたか、はたまた、そもそも茶会の情報が誤りで、吉良上野介は別の場所にいて不在だったか。

戦闘では圧倒的な勝利を収めた赤穂浪士たちは、最後の最後で将を取り逃すという恐怖に怯えながら、必死の形相で吉良上野介の姿を探し回った。あまりに見つからないことで絶望し、おそらく吉良めは逃げたのじゃ、もう終わりだ、切腹しようなどと言いだす者も現れた。


探し回ること半刻、浪士たちの憔悴が頂点に達した頃、ピイィッという鋭い呼笛の音が静寂を切り裂いた。

思わず内蔵助も周囲を見回し、笛の音がどこから聞こえてきたか必死で耳を澄ませた。呼笛は、吉良上野介を発見した時に鳴らすと決めているものだ。ほかの浪士たちも「どこだ」「あっちらしいぞ」「台所のほうじゃ」などと口々に叫びながら呼笛の鳴るほうに向かっている。

屋敷の台所の脇に建てられた小さな炭小屋の前に、浪士たちが人だかりを作っていた。内蔵助が近づくと一斉に道を開ける。その先には白絹の小袖を着た老人の首のない死体がぬかるんだ地面にうつぶせに転がされていて、脇には武林唯七と間十次郎が立っていた。

「この小屋の中に三、四人が隠れておりましたので、外から矢を射かけて、出てきたところを全員倒しました。その後、さらに奥にこの老人が隠れていたのを見つけたので、拙者が槍で突き、唯七殿が斬り伏せました。この風体からいって、おそらく上野介殿ではないかと」

内蔵助は龕灯《がんどう》を差し出し、十次郎がぶら下げていた老人の首をのぞき込んだ。もしこれが吉良上野介であれば、浅野内匠頭が斬りつけた傷が額に残っているはずだが、血と泥でぐちゃぐちゃになっていてよく見えなかった。

「服を剝ぎ取り、背中を見てみよ。背中にも傷があるはずじゃ」

そう命じられた十次郎が、立ったまま槍の穂先で無造作に死体から小袖を引き剝がした。その背中にはうっすらと刀傷が残っていた。取り囲む赤穂浪士たちから「おお」というどよめきが起きる。

するとそこに、表門を固めていた堀部弥兵衛老人がやってきて、捕縛した門番を連れてきたと言った。首を見せると門番は涙を流しながら「吉良上野介様に相違ありません」と呻くように答えた。それを聞いた浪士たちは、雄叫びを上げる者、感極まって泣きだす者、朋輩と抱き合って躍り上がる者、めいめいがそれぞれに喜びを爆発させ、この一年九か月の艱難辛苦が成就したことを祝い合った。

内蔵助は独り、静かに吉良上野介の首をじっと見つめていた。

彼は別に、吉良上野介の首にさしたる思い入れはない。彼の目標はただ一つ、藩士たちを一人でも多く生かして将軍を困らせることであり、こうしている間にも彼の頭は、早く回向院に行って上杉の来襲に備えねばと、次の行動に向かっている。

血と泥でぐちゃぐちゃになっているが、初めて見る吉良上野介の顔は端正だった。襲われる前はきっと、この白髪もきれいに撫でつけられて、一分の隙もなく丹念に結い上げられていたのだろう。

市中の噂では、吉良上野介は賄賂を貪る極悪の強欲爺という話しか聞かないので、さぞや肥え太った意地汚い面構えなのだろうと思っていた。ところがこの憎き主君の仇は、眉がきりりと引き締まり、厳格で思慮深い性格を思わせる顔つきだった。深く刻まれた皺のひとつひとつが、長年幕府で高位にあって重責に耐えてきた経験の重みを物語っているかのようだった。

「こいつが吉良上野介……」

内蔵助は、思っていたのとは違う吉良上野介の凛々しい顔に、よくわからない激情が体の芯から突き上げてくるのを感じた。討ち入りの前には、正直なところ首なんかどうでもよいと思っていたが、いざこうして目の前で実物を見ると、感情が激しく揺さぶられて目を離すことができない。

なんでや。吉良の奴には、豚のような意地汚い顔の強欲爺であってもらわないと儂は困るんや。

そうでなきゃこの一年九か月、奴の首を取る取らんでさんざん振り回されてきた、この儂の苦労はどうなるっちゅうねん。

だいたい儂はこんなこと、最初からしたくなかったんや。それなのに周囲に振り回されて引っ込みがつかんくなって、嫌々やる羽目になったんや。せやから、せめて首を取った時くらい、己の辛苦が報われたんやなって喜びを感じさせてくれたってええやないか。

それなのに、なんでなん。

なんで儂、この主君の仇は生前どんな人間やったんやろかとか、くだらんことを考えとんのや。そんなん別にどうでもええやん。コイツは悪人。コイツは敵。儂は全力でこの敵を討ち果たした。立派にやったやん儂。胸張れやぁ……。

わけのわからない嗚咽が込み上げてくる。止められない。涙がどばどばと溢れる。止められない。おおう、おおう、と声が勝手に漏れる。

これまでの苦労が次々と頭に浮かんできた。赤穂城の大広間で、血走った目の藩士たちに詰め寄られてもみくちゃにされた時のこと。大学様の預かりが決まって、全ての努力が失敗に終わったと悟った時のこと。味方だと思っていた奥野将監があっさりと脱盟を伝えてきた時のこと。美しく凛々しい理玖の姿。お軽の膝にすがって、情けなく泣いた夜のこと——

松の廊下で殿が斬りつけた時の額の傷が、あとほんの少しだけ深ければ。その場にいた梶川とかいうアホが殿を組み止めずに、せめて殿がコイツの腹にあと一突きを加えられていれば……。

なんでや。なんでこんな奴のために、儂がこんな苦労せなアカンかったんや。なんでコイツ、こんな真面目そうな顔やねん。コイツを殺すための儂の今までの苦労って、いったいなんやったんや。

ふざけんなや。ふざけんなや。ふっざけんなや——

天を仰いでしばし号泣を続ける内蔵助の涙を、周囲の者たちはみな、本懐を遂げ主君の恨みを雪いだ喜びの男泣きだと思った。そして、この快挙を見事に成し遂げた頼れる元筆頭家老の姿を、感慨深げに見つめていた。

十七．元禄十五年　十二月十五日（討ち入りの翌日）

「そこをなんとか、たっての願いでござる。門を開けてくださらぬか！」

大石内蔵助自らが激しく門扉を叩き、声を荒らげて中に呼びかけているというのに、回向院の中からは困惑しきった声で「しかし、決められた時間よりも前に開門することは、当院の掟に反することゆえ応じかねます」といった答えしか返ってこなかった。下手に関わり合いになって、あとで面倒事に巻き込まれることを回向院が恐れていることは明白だった。

内蔵助としては塀を乗り越えてでも強引に中に入り込み、上杉勢の来襲に備えた守りを固めたいところだったが、市中に騒ぎを起こしたという、幕府につけ入る隙を少しでも与えるわけにはいかない。

まずい、まずい。これは絶対にまずいぞ――

内蔵助は恐怖で膝ががくがくと震えるのを必死でごまかした。そうこうしている間にも、騎馬で駆けつけた上杉家の先遣隊がここに現れ、徹夜で戦い疲労困憊の自分たちを難なく突き殺していく様子がありありと目に浮かぶ。空耳で鬨の声がどこからともなく聞こえるような気がする。

事前の打ち合わせでは、回向院に入ることを断られたら両国橋東詰の広場に赴き、そこで上杉勢を迎え撃つという手はずを用意している。とはいえ、頑丈な塀で囲まれた回向院のほうが戦う上でずっと有利であることは間違いない。

浪士たちは回向院に入ることを諦め、討ち取った吉良上野介の首を槍の穂先に吊るして両国橋に向かった。誇らしげに談笑しながら歩く浪士たちの中で、独り内蔵助だけは沈痛な面持ちで、次の戦いに向けた作戦を頭の中で検討し続けていた。

ところが、いざ上杉勢と戦うべしと覚悟を決めて広場に着いた内蔵助は仰天した。そこには近所の住人たちが大挙して押しかけていて、拍手をしながら歓声を上げて内蔵助ら四十七人を迎え入れたからである。

赤穂浪士たちが最初に火事だと叫んだことで、周辺に住む人たちもあらかた目を覚ましていた。そして、そのあとに戦闘が二時間ほど繰り広げられている間に、赤穂藩の遺臣たちが吉良邸に討ち入ったことはすっかり噂として近在に広まっていたのだった。

人々はまだ夜明け前だというのに起きだし、戦いを終えた浪士たちが両国橋に向かっているらしいと聞きつけるや、野次馬として一斉にそこに押しかけた。彼らは常日頃から、憎き吉良上野介に正義の鉄槌を下してほしいと願っていたので、赤穂の者たちがついにやったかと欣喜雀躍し、とりあえず家や店にあった酒や飯などを持って祝福に駆けつけたのである。

これからこの広場で、浅野家対上杉家の血みどろの死闘が始まると覚悟していた内蔵助は、町人たちでごった返してお祭りのようになっている広場を見て愕然とした。人々は浪士たちを取り囲んで歓声を上げ、酒の徳利などを差し出している。宿願を遂げた興奮冷めやらぬ浪士たちも、それに機嫌よく応えて、差し出された酒を飲んだりしてすっかりくつろいでいるではないか。これでは上杉家が襲いかかってきた時に戦うどころではない。

かくなる上は、一刻も早くこの場を離れ、追いつかれる前に高輪の泉岳寺にある浅野内匠頭の墓にたどり着くことだと内蔵助は即座に決断した。

高輪までは通常ならば両国橋を渡って江戸市中に入る道を取るが、十五日は大名や旗本の登城日で、市中の武家屋敷街を通ると無用の騒動となる可能性があった。また、上杉勢と鉢合わせる危険を避けるためにも、できるだけ江戸の中心から離れた道を行くほうがよいはずだ。内蔵助は、隅田川の東岸を南下して永代橋を渡る道をとることにした。

常に移動することが、上杉勢から自分たちの身を隠すことにもなる。これだけ人々が我々を好意的に迎え入れてくれているということは、もし上杉勢があとからやってきて我々の行き先を尋ねても、彼らはきっと嘘の情報を答えて煙に巻いてくれるに違いない。そうやって時間を稼ぐうちに、幕府から上杉家に対して無用の騒ぎを起こさないようお達しが行ってくれれば、上杉勢の追跡も止まる。

おそらく勝負は今から一刻かそこらの間だろう。幕府のお達しよりも先に上杉勢が我らを見つけて蹂躙しつくせば上杉勢の勝ち、お達しが出て追撃が止まるまで無事に逃げきれれば我々の勝ち。これは命を懸けた鬼ごっこじゃ、と内蔵助は思った。

それにしても赤穂浪士たちが驚いたのは、早くも噂を聞きつけた町の人々が、凍えるような寒さだというのに、ところどころで人だかりを作っては自分たちを待ち構えてくれていることだった。

拍手とともに「よくやったぞ」「武門の誉れじゃ」と歓声を上げるだけでなく、握り飯や酒を差し入れてくれる者も多く、浪士たちは機嫌よくその声に応えた。そのたびに行進の足が止まってしまうので先を急ぎたい内蔵助は苛立ったが、ここで感じよく市井の人々の歓迎に応えて赤穂浪士の好感度を高めておけば、市井の人々の同情の声はさらに高まる。その評判はきっと幕閣にも伝わり、さらに将軍を苦しめるに違いなかった。そう考えると、感じ悪く彼らを無下に追い払うこともできなかった。

永代橋を渡り、霊岸島、鉄砲洲を通り新橋に差しかかったところで、内蔵助は吉田忠左衛門と富森助右衛門《とみもりすけえもん》を別行動させ、大目付の仙石伯耆守《せんごくほうきのかみ》の屋敷に向かわせている。討ち入りの件を自ら公儀に届け出て、逃げも隠れもせず、神妙に沙汰を待つつもりである旨を伝えるためである。

あくまで正々堂々と、幕府と世間に対して一点の曇りもない態度を貫く。全ては世論の同情を集め、幕府に徹底的に気まずい思いをさせるための、綿密に計算された内蔵助の演出だった。

なお、四十七士の中で唯一、武士ではない足軽身分で討ち入りに参加していた寺坂《てらさか》吉右衛門《きちえもん》はこの時、主である吉田忠左衛門に同行して隊列を離れ、そのままひっそりとどこへともなく姿を消している。

吉右衛門は軽輩の身でありながらも忠義の心が固く、絶対に討ち入りに参加したいと涙ながらに懇願したが、足軽ごときが討ち入りに参加していたと知られたら、赤穂藩には人がいないのかという無用の誹りを受ける恐れがあった。下手をすると幕府への侮辱ではないかとも曲解されかねない。

そこで内蔵助は、吉右衛門の討ち入りへの参加は許すものの、公式には直前に逃亡したものとして扱うことにした。そのうえで、討ち入りの様子をしかと見届けて、亡君の未亡人である瑶泉院《ようぜいいん》や浅野大学に報告に上がるようにという使命を与えた。


泉岳寺に近づくにつれ、噂を聞きつけた群衆がどんどん増えて収拾がつかなくなってきた。一行の周りを黒山の人だかりが取り囲み、いいぞ、いいぞという喝采や拍手が湧き起こって、さながら夏祭りの神輿渡御のような様相だ。

吉良邸を出てもう一刻以上経つのに、恐れていた上杉勢は一向にやってくる気配はなかった。声をかけてくる人々に尋ねてみても、上杉家は全く動く気配もなく、桜田門のあたりにある上杉屋敷は葬式のようにひっそりとしているらしいといった噂ばかりが伝わってくる。

お祭り騒ぎの中を練り歩く浪士たちは、上杉家の脅威も薄れて気が緩んできて、道々で差し入れされる酒をちびちびと飲むうちに上機嫌になってきた。

すると、そんな彼らの前に突然一人の男が強引に割り込んできて、明るく弾んだ声で呼びかけてきた。

「御一同！　ついに宿願を果たされましたな！　いやいや、まことにめでたい！」

脱盟した高田郡兵衛だった。

その姿を見るや、浮かれ気分でほろ酔い加減だった者たちも、さっと顔色を変えて一気に酔いも醒めてしまった。

よくもまぁ恥ずかしげもなく、おめおめとその顔を出せたものだなと、若い者などはキッと郡兵衛の顔を睨みつけたが、郡兵衛は悪びれる様子もなく、持参した酒樽を差し出して言った。

「討ち入りの義挙をご公儀に訴え出られるわけにはいかぬと、拙者はやむにやまれぬ事情で義盟から抜けざるを得なかったが、離れていても心は一つじゃった。

拙者も毎朝、独りで三田八幡に詣でて討ち入りの成就を祈願し続けておったのじゃが、本日ついに本懐を遂げられたとの噂を聞いて、矢も楯もたまらなくなり、こうして祝酒を持って駆けつけた次第じゃ」

何を白々しい、と誰もが思ったが、それを口に出す者はいない。

気まずい沈黙が流れたが、郡兵衛はわざとなのか本当に自覚がないのか、馴れ馴れしいその態度は一切揺らぐことはなかった。

「おう潮田！　その槍の穂先に吊るしているのは吉良上野の首じゃろう。ぜひ、彼奴めの小憎たらしい顔を拙者も見てみたいものじゃ。少し下ろして見せてはくれぬか！」

だが、気安く声をかけられた潮田又之丞は微動だにせず、冷たい目で郡兵衛を黙って睨みつけただけだ。

「なんだ、ずいぶんと水くさいじゃないか潮田。おお！　安兵衛、孫太夫。ついにやったな！　おめでとう。せめてもの気持ちじゃ、この酒を受け取ってくれい」

気づかれないようにさりげなく距離をとっていたのに、郡兵衛に見つかって声をかけられてしまい、堀部安兵衛は困ってしまった。


郡兵衛はかつての一番の同志だ。だが、郡兵衛の突然の脱盟のせいで安兵衛は立場を失った。それからの彼は、相変わらずその一本気な性格を誰からも愛されはしたが、その存在はどこか空気のようだった。彼の提案にはことごとく人が集まらず、安兵衛が自らの人望のなさに打ちひしがれたことも幾度とあった。

それとは対照的に、以前はあれほど対立し、あの昼行灯は駄目じゃとこきおろしていた大石内蔵助は、浅野家再興の望みが消えたあとも意外なほどの律義さを見せて、一切逃げなかった。

安兵衛はかつて、浅野家で真の忠誠心を持った本物の武士は、郡兵衛と孫太夫と自分の三人だけしかいないと固く信じていた。今となってはその思い上がりのひどさと見識の狭さ、自分の人を見る目のなさにただ赤面するしかない。

俺は、間違っていた——

安兵衛は、へらへらと薄っぺらい笑顔を貼りつけたままの郡兵衛の胸ぐらをぐいと掴み上げて、鼻息が聞こえるほどまで顔を近づけると、低く抑えた小さな声でつぶやいた。

「失せろ。斬るぞ」

その明王のごとき憤怒の形相に、郡兵衛は思わずヒィッと声を上げた。

ところがその時、横からすっとんきょうな明るい声とともに誰かの手が伸びてきて、安兵衛の手を離させた。

「おお！　郡兵衛ではないか！　久しぶりじゃが元気にしておったか？　義父上のご機嫌はどうじゃ？　内田家では上手くやっておるか？」

その声の主は大石内蔵助だった。

内蔵助は、満面の笑みを浮かべて高田郡兵衛に話しかけてきた。この鉄面皮の郡兵衛をもってしても、できれば顔を合わせずに帰ろうと思っていた人物が、ことうか郡兵衛に対して一番親しげな態度を見せていた。

度肝を抜かれた郡兵衛は何も言えずあっけに取られていたが、内蔵助はニコニコと笑いながら無言で郡兵衛の持参した酒樽に近寄ると、抱え上げて周囲の群衆に向かって高らかに呼びかけた。

「皆の衆！　ここにおられる御仁は、もと赤穂藩にいて、かつては我らの同志であった高田郡兵衛殿じゃ！

　郡兵衛殿は頼もしき十文字槍の達人にして、こたびの討ち入りにても百人力の働きをされるものと期待しておったのじゃが、やむにやまれぬ事情があって、残念ながら討ち入りに参加することは叶わなかった。

　それは我々にとっても大変な痛手ではあったが、たとえ途中で袂を分かったとしても、郡兵衛殿と我々の心は一つじゃ。

　いま、郡兵衛殿は気を利かせて、ここに勝利の祝い酒を届けてくれた。じゃが、我々は亡き主君に仇敵の首を捧げるまでは酒を飲むことはできぬ。それゆえ、ここにおられる皆々様に振る舞わせて頂きたい！」

　内蔵助の宣言に、取り囲む人々からワッと歓声が上がる。郡兵衛は慌てて口を挟もうとしたが、内蔵助は一切取りあわずに無視して言葉を続けた。

「この酒を受けてくださった方々は、もはや一人残らず我々の同志であると言えましょうぞ。さぁ、皆さまお猪口や小皿をお持ちになられよ。赤穂の義士たちの振る舞い酒じゃ！　つまらぬものじゃが、せめてもの縁起物としてお受け取りくだされ！」

英雄である赤穂浪士からの思わぬ粋な計らいに、周囲の人たちはドッと喜びの声を上げて、我先にと酒樽の周りに殺到した。

吉良邸の裏門を打ち破った大槌で酒樽の蓋が威勢よく叩き割られ、人々は家から猪口を持ってきて、次々と酒を酌んでいく。もったいなくて飲めない、神棚にお神酒としてお供えして、そのまま家宝にするなどと言いだす者もいた。酒樽の中味はあっという間に空になり、浪士たちは結局、ただ一人として一滴たりとも口にすることはなかった。

「かたじけない郡兵衛！　そなたのお陰で、皆と喜びを分かち合うことができた！　礼を言うぞ」

内蔵助は上機嫌にバンバンと郡兵衛の肩を叩きながら、不自然なまでに爽やかな笑顔で礼を言った。だがその目は一切笑っておらず、白々しいことこのうえない。

「あ……あの、大石殿。このまま拙者も泉岳寺で、皆とともに亡き殿の墓前に香を手向けたいのだが……」

「アッハッハッハ！　そんなことをしたら郡兵衛、お主が義父上殿に叱られてしまうではないか。旗本のご子息様が、我々のようなご公儀に刃向かった重罪人と親しく話をしているというだけで、もう由々しき一大事じゃ！　貴殿の気持ちはしかと受け取ったから、さあ、今すぐ家に帰って義父上を安心させてやるがよい。くれぐれも親孝行するのじゃぞ！」

にこやかに笑ってそう言い残した内蔵助は、くるりと振り向くとスタスタと速足で歩いていってしまった。待ってと郡兵衛が慌てて声をかけたが、もう全く聞く気などないように一瞥もしなかった。

安兵衛は人並外れて豪胆な百戦錬磨の剣豪である。だが、彼はその後ろ姿を見ながら、今さらながら大石内蔵助という人間の恐ろしさに心の底から震え上がったのだった。

十八．元禄十六年　一月十五日（討ち入りの一か月後）

泉岳寺にたどり着いた赤穂浪士たちは、浅野内匠頭の墓前に吉良上野介の首級を捧げ、一人一人焼香をした。

そこに大目付の仙石伯耆守がやってきたという知らせが来たので、内蔵助は刀を腰から外し、泉岳寺の本堂の大広間で全員揃って伯耆守と対面した。仙石伯耆守はもとより心情的には浅野家に同情していたが、幕府の役目上、わざと高圧的な口調で内蔵助を厳しく詰問した。

「大石内蔵助以下四十六名の者ども、主らはみだりに徒党を組み、騒ぎを起こした。その不届きな振る舞い、しかと心得ておろう」

「は。たしかに、世を騒がせたことに関しましては一切の弁明もございませぬ。ですが、我々はご公儀に楯突くつもりは毛頭なく、ただ、亡き主君の無念を晴らすべく、吉良上野介殿のお屋敷に討ち入ったまでにございます」

「しかし、この夜更けに押し込みを行うとなれば、火を使わねば何も見えぬ。一つ間違えば火事になりかねなかったぞ。実にけしからぬこと」

「幸いにも昨晩は満月に近く、空は晴れ渡っておりましたので、松明などがなくとも周囲を見渡すことはできました。屋内に入ってからは、磯貝という者が吉良家の者に蠟燭を出させて室内を明るくしております」

「その蠟燭はいかが始末した」

「全て火を消したことを確認したうえで、念のため屋敷の中の火鉢や炉にも全て水をかけて、万が一にも火の手が出ることのないよう十分に始末をしたうえで、吉良邸をあとにしております」

「ふむぅ……」


仙石伯耆守は、ひとつも淀みなく簡潔に問いに答えていく内蔵助の姿にすっかり感心した様子だった。その後、討ち入りの時の様子など、およそ尋問とは思えないような雑談めいた質問を一通り終えたあとで、赤穂浪士たちの身柄は仙石伯耆守の屋敷にひとまず移されることとなった。

深夜になって幕府の処置が決まり、彼らは細川家、松平家、毛利家、水野家の四つの大名家に分かれて預かりとなった。全員を同じ場所に置いておくと再び徒党を組む恐れがあるという理由だった。大石内蔵助や原惣右衛門、堀部弥兵衛老人など、浪士の中でも位が上の者や年配の者の預け先は細川家で、大石主税と堀部安兵衛は松平家だった。

ここが今生の別れとなる同志たちが、ひっきりなしに挨拶にやってくるので、内蔵助と主税はゆっくりと親子の会話を交わす暇もなかった。挨拶が少しだけ途切れた合間を見計い、内蔵助は慌てて主税のそばに行って声をかけた。

「主税よ」

しかし、とっさに声をかけたものの、父親はこういう時、十六歳の息子に改まって何を言えばいいのだろう。言葉に詰まった内蔵助は、苦しまぎれにとりあえず褒め言葉で場をつないだ。

「お主の裏門組の指揮ぶり、若いのに堂々として実に見事であったと、皆が褒めておったぞ。さすがだな」

すると、その言葉を聞いた途端に主税の顔がパアッと明るくなり、誇らしげな笑顔に変わった。そして心の底から嬉しそうに、

「当然です。私は父上の息子ですから」

と言って胸を張った。何か気の利いた言葉の一つでも言ってやらねばと内蔵助は気

負っていたが、どうやらそんな無粋なものは不要だったらしい。

内蔵助は改めて自分の息子を誇らしく思いながら、こんな気持ちのいい若者をつまらぬ大人の事情に巻き込んで、自ら死を選ばせてしまった自分が不甲斐なくも思えてきた。

深く考えはじめたら、涙が出てきてしまう。情けない父の姿を主税に見られないよう、内蔵助は逃げるようにその場を離れた。


別の一角では、堀部弥兵衛と安兵衛が、全てをやり切った穏やかな表情でしみじみと語り合っていた。

「義父上、これにて今生の別れでございますな」

「うむ。安兵衛、最後にお主とともに、このような見事な死に花を咲かせることができて、冥途へのよい土産となった」

「不肖の息子なれど、今まで大変お世話になりました。義父上の息子となれて、安兵衛は果報者でございました。くれぐれもお体……」

お体に気をつけて、と安兵衛が言いかけたので、安兵衛も弥兵衛老人も大笑いした。ほどなく罪人として死を賜るのに、お体に気をつけるも何もないだろう。

そこに内蔵助が通りかかったので、安兵衛は深々と頭を下げた。

「大石殿、誠にお世話になり申した。これにてお別れでござる。これまでの数々のご無礼の段、平にご容赦頂きたい」

潔く謝罪する安兵衛に向かって、内蔵助はにこやかに答えた。

「ははは。たしかに激しく論じ合うことも幾度とあったが、それは互いに決して譲れぬものを抱えていたからであろう。皆がそれぞれ、自らの思うところに従ったまでのことゆえ、決して謝るような筋合いのものではござるまい。ここでお別れだが、安兵衛も、体には気をつ……」

そこまで言ったところで、内蔵助も安兵衛も弥兵衛老人も目を見合わせ、腹を抱えて大笑いした。「まっこと、日頃の挨拶の癖が抜けぬわい」と、安兵衛は笑いすぎてちぎれてしまった涙をぬぐった。

だが、心の奥底で内蔵助はひとり「いや、体を労るのじゃぞ安兵衛。何しろ儂はまだ、生きられる可能性もわずかにあると考えているのだから」と思っていた。

討ち入りをするかどうかで言い争っていた頃には、安兵衛は内蔵助にとって厄介で仕方のない存在だった。ところが、浅野家の再興の望みが絶たれて討ち入りが決まるや否や、彼は内蔵助にとって絶対に欠かせない人物となった。

できるだけ世論の同情を買い、少しでも助命を求める声を高めて幕府を苦しめたいと考えていた内蔵助にとって、江戸中の人気者である安兵衛が仲間にいることは、これ以上ない強力な武器といえた。

義によって高田馬場の決闘に助太刀し、七対四の数的不利の中で三人の敵を斬り伏せた豪の者であり、竹を割ったように真っすぐな心根の彼を嫌う者はいない。彼の命を惜しみ、助命を願う声はひときわ高くなるだろう。

また、討ち入りの際には裏門組の屋内戦闘組がもっとも激しい戦いになると予想されていたが、その組頭に内蔵助は迷わず安兵衛を指名した。安兵衛に任せておけば間違いないという揺るぎない信頼があったし、安兵衛は見事にその期待に応えた。

「安兵衛よ、息災でな」

「大石殿も、お体に気をつけて」

冗談めかして言い合ったその言葉が、二人が交わした最後の言葉となった。

細川家の屋敷で預かりとなった内蔵助以下十七人は、予想に反して下にも置かぬ丁重なもてなしを受けた。赤穂浪士の義挙に深く感銘を受けた当主の細川越中守《ほそかわえっちゅうのかみ》は、彼らを罪人ではなく一廉《ひとかど》の武士として扱い、堀内伝右衛門《ほりうちでんえもん》ら十九名もの家臣をつけて接待にあたらせたのだった。

世話好きで人の好い堀内伝右衛門は、あっという間に藩士たちと打ち解けて彼らのよき話し相手となった。一か月半ほどの細川家預かりの期間中に彼が藩士たちから聞いた話は、のちに彼の手によって「堀内伝右衛門覚書」としてまとめられることになる。


「堀内殿、毎日の過分のおもてなし、誠にかたじけなく恐縮至極でござるが、もう少し粗末な食事に変えて頂けぬか」

「え？　我々の食事に、何か舌に合わぬものがございましたか？　至らぬところがあり誠に申し訳ございませぬ」

「ははは。いえ、不足があったということではなく、むしろ逆でござる。我ら、藩が取り潰しになってから二年弱、日々の費えにも事欠いて粗食を続けてきたゆえ、いきなり連日、昼夜三食の二汁五菜などという、かくのごとき豪奢なご馳走を頂戴しては胃がもたれて仕方ありませぬ」

万事がそんな調子で、十七人の浪士たちは細川邸で何一つ不自由ない暮らしを送っていた。さすがに屋敷から外に出ることはかなわないが、代わりに堀内伝右衛門が市井の噂話を彼らに克明に伝えてくれる。

「世はみな、あなた様方の義挙に感動しておりますぞ。討ち入りの知らせを聞いた将軍様も、開口一番「あっぱれな者たち」と仰られたそうです。

高名な学者の室鳩巣《むろきゅうそう》様は、このような立派な者どもを処分するのはいかにも惜しいと声高に言っておられるとのこと。

赤穂浪士たちに同情的な伝右衛門は、彼らを勇気づけようと、どうしても前向きな知らせだけを伝えてしまう。

そんな風に自分に都合のいい情報だけを毎日聞かされていると、自分たちは死ぬのだと肚を決めていた浪士たちの頭にも、どうしても「ひょっとしたら」という一縷の希望がちらつくのを止めることができない。内蔵助はそれを必死に打ち消した。

「儂はただ、薄情な仕打ちをしたご公儀と将軍様に仕返しをしたくて立派な討ち入りをやったまでじゃ。別に命を助けてほしいなんて思っとらん。

そりゃ、それで同情の声がよほど高まったら助命される可能性も全くないわけではないから、ひとつも期待したことはないと言ったら嘘になる。

だが、所詮は甘い考えじゃ。相手はあの薄情なご公儀やぞ。変な期待を持つな。期待を持ってしまうと、それが叶わなかった時につらいぞ。希望は捨てるのじゃ。捨てる……べきじゃが……」

やっぱり、死にたくないなぁ。

いまさらの感はあるが、内蔵助としてはそう思うのである。この一年九か月、ずっと多忙で絶え間なくいろいろなことに悩み続けていたから、自らの死については逆にほとんど深く考えずに済んでいた。ところが、全てが終わって、暖衣飽食で何もすることのないこの安閑な暮らしに移ると、時間は腐るほどある。何もすることがないと、間近に迫った自らの死をどうしても見つめざるを得ない。

その時、中途半端に生きる望みが目の前にぶら下がってしまっている今の状況は、心が乱されてむしろつらいものがあった。絶対に打ち首間違いなしと断言されているほうが、よほど覚悟が決まって気が楽だった。

藩士たちが起居している大広間で、堀部弥兵衛老人が堀内伝右衛門を相手に、何やら熱弁を振るっている。

「じゃから、純粋に主君を思っての我々の行動が、単なる押し込み騒ぎだとかお上の裁定への反抗だとか、火付けや打ちこわしの類と同列に見なされてしまうのがどうにも我慢できぬのじゃ。我々にそのようなくだらぬ叛意は一切ござらぬ。それは伝右衛門殿もよくよくご承知のことであろう」

「ええ。拙者は重々理解しておりますよ。皆様大変ご立派です」

「さすが、伝右衛門殿はよく道理をわかっておられる。世の中全てが伝右衛門殿のような聡明な御仁であればよいのじゃがなぁ。だが、どうにもご公儀はそこのところが全くわかっておらぬようじゃ。


かくなる上は、我々からしかるべき筋に訴え出て、外聞を正すのがよいのではないかと思うのじゃが、いかがかな？」

「ほほう。それはたしかによさそうな話でございますな。それでは早速、我が主君、細川越中守にその旨を申し上げることと致しましょう」

「いや、越中守様は我々の身柄を預かるというお役目を上様から命じられた身。それなのに、罪人である我々の肩を持つような振る舞いをしたとあっては、お立場にも差し支えましょう。それよりも拙者は、公弁法親王《こうべんほっしんのう》様におすがりするのがよろしいかと考えておる」

「おお。たしかに輪王寺宮《りんのうじみや》様であれば、皆様に深くご同情もなされていることは明白ですし、宮様におとりなし頂ければ、上様の心も動かれることは必定でございましょうなぁ」


輪王寺宮の公弁法親王は後西《ごさい》天皇の第六皇子である。

彼は、徳川家の菩提寺である東照宮や寛永寺の貫首と、比叡山延暦寺の天台座主を務めていて、将軍綱吉のよき相談役として厚い信任を得ていた。

この公弁法親王が今年の正月の歌会で、赤穂浪士たちを讃える和歌を詠んだことは大きな話題となっていた。法親王の日頃の言動からも、彼が赤穂浪士の行動を義挙として賞賛していることが伺えた。

あの法親王様であれば、自分たちの声も聞き届けてくださるのではないか。

弥兵衛老人と伝右衛門がそんな話で盛り上がっていると、周囲の人間も次第に集まってきて「それはよい」「ぜひやろうではないか」などと算段を話し合っているので、内蔵助は慌ててその話の輪に駆け寄って話に割り込んだ。

「弥兵衛殿、あいにくの名案に水を差す形で申し訳ないが、その策はやめておいたほうがよろしかろうぞ」

「大石殿、なぜそのようなことを仰られるか。法親王様は我々の味方じゃ、きっといいように計らって頂けるじゃろうて」

「いや、たしかに法親王様はそうお考えくださっているやもしれぬ。しかし、そのご厚意におすがりするのは少し慎みが足りぬのではなかろうか。

我々は我々の思うところに従って吉良めを討った。それだけで十分じゃ。それがご公儀の目にどう映るかどうかは、我々の関知するところではあるまい。下手に動くと未練がましいと思われて、せっかくの名を汚すことにもなるやもしれぬぞ。ここは潔く、何もせずご公儀の判断に従うのが一番じゃ」

弥兵衛老人は、内蔵助にそう諭されてもまだ納得がいかないようで、せっかく法親王様が味方になろうというのに、とぶつぶつ不平をこぼしていたが渋々承知をした。

まったくこの堀部親子は、子も子だが義父も義父だ。最後まで儂に面倒を持ち込もうとする——

弥兵衛老人を止めた内蔵助は、心の中でうんざりと溜め息をついていた。

せっかく自分が緻密に構築して、一世一代の「清く正しく殺すには惜しい赤穂浪士」という大芝居を完璧に演じきったというのに、どうしてこの老人はそれに余計な味噌をつけようとするのか。

よりによって、京の朝廷に連なる法親王などを通じて、頭越しに幕府に意見を出すよう働きかけるなど、愚策中の愚策ではないか。

たかが五万石の小藩の名もなき遺臣ごときが、ほんの少し同情の意を示してくれたからといって調子に乗って、そんな生意気なことを皇族に申し上げるなど失礼千万にもほどがある。それに、そんなことをされてしまっては幕府の面目は丸潰れではないか。間違いなく幕府は激怒して、せっかくの助命の空気も台なしになるに決まっている。
赤穂浪士たちの思いは、討ち入りの時に長竹の先端にくくりつけて吉良邸の玄関先に突き刺した口上書に全部書いておいた。それで十分だ。世論が自分たちに味方をしてくれているいまこそ、態度は慎ましく、姿勢は潔く、余計な口はきかずにただ黙っておくべきなのだ。それが結果的に自分たちの生き延びる可能性を最も高めることにもなるということに、弥兵衛老人は考えが及ばない。

輪王寺宮への働きかけは、内蔵助がすぐに止めさせた。だが、たまたまその場にいた細川家の者たちの口を通じてなのか、赤穂浪士たちが輪王寺宮のとりなしに期待をしているらしいという話は江戸の町に噂として広まっていった。

町の人々は「ひょっとしたら、輪王寺宮様ならなんとかしてくださるのでは」などと淡い期待を勝手に抱きながら、少しでも赤穂浪士たちを救う助けになればという善意から、その噂を積極的に周囲の人に言いふらしていったのである。

十九．元禄十六年　二月一日（討ち入りの一か月半後）

徳川幕府の六代将軍、徳川綱吉は憔悴しきっていた。

赤穂浪士たちが吉良上野介の邸宅に討ち入って首級を挙げたという第一報がもたらされた時、彼は反射的に膝を叩き「あっぱれ忠義の者ども」と機嫌よく声を上げたものだった。

綱吉は病的なまでに儒教にのめり込んだ為政者だった。儒教が説く「孝」を自ら世に示すために、母親の桂昌院に前例のない従一位の位階が授与されるよう運動したり、母が薦めるがままに悪名高い「生類憐みの令」を強引に実行させたりした。

主君に対する「忠」も、儒教が重視する徳目のひとつである。それを体現したかのようなこの痛快な仇討ち劇を前に、彼の喜びと興奮は最高潮に達した。即座に「この者どもに褒美を取らせよ。世の武士たちの模範である」と側用人の柳沢吉保に命じた。

ところが、今まで綱吉の提案に対して「それはよい考えです。是非やりましょう」以外の言葉をおよそ吐いたことのない柳沢吉保が、珍しく困惑しきった表情を浮かべて返答に窮している。不審に思った綱吉が不機嫌そうに理由を尋ねると、吉保はがばと平伏して、恐怖に震える声で言った。

「大変憚りながら、上様に申し上げまする。

此度の赤穂藩の残党による吉良上野介の殺害の儀、彼らはこれを仇討ちと称しておりますが、本来仇討ちとは、親類を殺された者が、殺害した相手に対して意趣返しをするものにござります。

ですが今回、浅野内匠頭は別に、吉良上野介に殺されたわけではありませぬ。浅野内匠頭は吉良上野介に斬りかかるという乱暴狼藉を働き、その罪で公儀に罰せられて死んだのでござります。

つまり言うなればこの討ち入りは、公儀が下したその処分に不満があるゆえ、私的にその不満を晴らしたということであります。さすれば、褒美を取らせるどころか厳罰に処さねばなりませぬ。

それゆえに不肖この出羽守《でわのかみ》吉保、上様からのお達しに対して、とっさに答えに窮してしまったものにござります」

柳沢吉保にそう言われて、綱吉は約二年前のことをようやく思いだした。

桂昌院の従一位叙任を控え、とりわけ重要だったあの年の勅使饗応で、浅野内匠頭が吉良上野介に斬りつけて儀式を台なしにしてしまった。それで綱吉は激怒して、ろくに調べもせずに浅野内匠頭をその日のうちに切腹させたのだった。

一方で、これまで従一位叙任に向けた根回しに尽力してきた吉良上野介をこの段階で殺すわけにはいかなかったので、こちらは無罪にした。

都合のいいことに、その場に居合わせた旗本の梶川与惣兵衛は吉良上野介が刀を抜かなかったと証言した。そこで幕府はそれを理由にして、これは喧嘩ではなく一方的な傷害であるという解釈を強引に採用したのである。

そう。つまり今回の討ち入りの原因を作ったのは綱吉その人だった。赤穂浪士たちの行動は、言うなれば「綱吉自らが決めた処分が気に食わなかったので、自分で勝手に吉良上野介の首を取った」ということだ。生意気にも将軍綱吉の判断に真っ向から挑戦状を叩きつけるその不遜な態度を、幕府としては断じて許すわけにはいかなかった。

「討ち入りの口上書とやらを見せてみよ」

綱吉はそう命じて、大石内蔵助が長竹にくくりつけて残していった口上書を読んだ。

そこには、ご公儀に一切の恨みはなく、みだりに世を騒がすことは本意にあらねど、亡君の無念を雪がぬことには武士の本分が立たぬゆえ、憚りながら吉良上野介殿の御首級を頂きに参上するものである、といった内容が書かれていた。

口上書では、幕府に対する恨みは一つもないと明言している。だが、やっている行動は誰がどう見ても、幕府の処分に対する怨嗟にあふれている。

「ぬぅう……」

そう言われてみればたしかに多少腹は立つが、しかし、そんな些細なことがどうでもよくなってしまうほど、彼らの行動は痺れるほどに美しかった。綱吉は自らの軽率な判断が巻き起こした事件をどう解釈すべきかに頭を悩ませ、思わず呻き声を上げたのだった。

時が経つにつれ、綱吉の元には次々と赤穂浪士たちの行動に関する報告が上がってきた。

吉良家以外の周辺住人に絶対に迷惑をかけないよう、彼らが細心の注意を払っていたこと。吉良家の半分にも満たない不利な人数でありながら、襲撃の際に建物に火をかけるような真似は一切せずに自らの手で勇敢に戦い、それどころか引き揚げる際にはもう一度火の始末をしてから去るという念の入れようだったこと。逃げも隠れもせず、正々堂々と自ら大目付の仙石伯耆守の元に自首したこと。浪士たちはどの者も礼儀正しく、身柄預かりの際にも誰一人として暴れることはなく、進んで武器を差し出し、甲冑を脱いで神妙としていたこと――綱吉自身が日頃から頭に描いていた、ありえないほどに美しい武士が現実にそこにいた。

「……それでも、死なすのは惜しい！」

頭でっかちな綱吉はいつも理想が高すぎて、現実世界でそのお眼鏡にかなうような高潔な人間に巡り会えることはほとんどなかった。やっと巡り会えたかと思った赤穂浪士を、綱吉は自ら命じて殺さなければならない。その残酷さに綱吉は身悶えした。

――さんざん苦しむがええ。儂をコケにした報いじゃ。

細川家で綱吉の判断を待つ内蔵助が、独り秘かにそんな風にほくそ笑んでいることを、綱吉は知る由もない。

浪士たちを預かっている四つの大名家からも揃って、浪士たちの立派な態度を賞賛する報告とともに、助命嘆願の上申書が出されていた。

室鳩巣や林大学頭《はやしだいがくのかみ》などの学者からも、忠義という儒教の徳目という観点からいって、今回の討ち入りは高く評価すべきであり、彼らを死罪にするべきではないという意見が寄せられている。

綱吉はついフラフラと、何度もそちらの意見に流されそうになった。だが、毎回それを叱りつけて止めた男がいる。柳沢吉保が抜擢して、綱吉もその卓見を信頼して日頃から意見を伺っている、儒学者の荻生徂徠《おぎゅうそらい》だった。

「上様、御心を強くお持ちになられませ。この者たちを処罰せねば、公儀の威信が保てませぬ。この世の義には小義と大義がございます。主君と身の回りの者たちを守り、自らの身を美しくあらんとするのは小義。それに対して、世の理を保ち、祖法を守り社稷《しゃしょく》を安んじるのが大義でございます。

此度の赤穂の者たちの行いは、主君の無念を雪ぎ忠義の道を貫かんとする点でたしかに義には適っておりますが、それはあくまで小義にすぎませぬ。もし天下の大法を歪めて彼らの行いを特別に看過してしまえば、それはちっぽけな小義のために、みすみす天下安寧の大義を曲げるということにほかなりませぬ」

綱吉は、自分に対してここまではっきりと苦言を呈する者に会ったことがない。それだけに腹は立つが、徂徠の言い分はきわめて明快で筋が通っていて、ぐうの音も出ない。

綱吉が苦々しい顔で黙りこくっていると、徂徠は表情を和らげ、絶妙な間合いで助け舟を出すかのように優しく言った。

「ですが、彼らの赤心の志を無下にすることも、天下に義を示さんとする上様のお気持ちからして、到底承服できぬ話でござりましょう。

そこで、こうしてはいかがでしょうか。天下の大法に反した彼らには法に従って死を賜るものの、それは罪人に対して行う打ち首ではなく、武士としての名誉を与える切腹とし、自らの忠義を貫いた彼らに礼を以って応えるのです。

また、吉良上野介の嗣子義周《よしちか》は、討ち入りの際に傷を負うと、その場を逃げ出すなど不覚悟の振る舞いがありましたゆえ処分を下し、合わせて浅野内匠頭の実弟である浅野大学を後継に立てて、浅野家の再興をお赦しになるのです。

さすれば、必死の覚悟で討ち入りを果たした赤穂の者たちも十分に面目を施すことができ、親類を討たれた上杉家も下手人が処分されたことで納得するでしょう。幕閣内に広がる助命の嘆願に対しても、十分に説明が立つかと考えます」

荻生徂徠の提案は、あらゆる関係者に対して角を立てず、筋の通った理屈で納得させる完璧なものだった。綱吉は断腸の思いでこの意見を受け入れ、赤穂浪士たちに切腹を命じることを一旦は決意した。だが、どうしてもそれを命令として下すことができず、ずるずるとその日付だけが延び延びになっていた。

そうこうするうちに、二月一日に輪王寺宮公弁法親王が、綱吉の元に新年のあいさつに来られることとなった。綱吉は内心、これは絶好の機会だとほくそ笑んだ。

輪王寺宮は正月の歌会始で、赤穂藩士たちを褒め称える和歌を詠んでいる。赤穂浪士たちは輪王寺宮を通じて自分たちの思いを幕府に伝えたがっていたが、重罪人が畏れ多いと憚って結局はそれを控えたなどという噂も、綱吉の耳には入っていた。

輪王寺宮が、赤穂藩士たちの助命を自分に対して言ってくれれば――

幕府の立場としては、今回の討ち入りを認めることは絶対にできない。

だが、皇族である輪王寺宮からの要請があれば「皇族からのたってのお願いを無下に断るわけにもいかぬので」という言い訳をつけて、幕府の威信を一切傷つけることなく彼らを赦免することができるのだった。

綱吉はそう目論んで、江戸城にやってきた輪王寺宮に、わざとらしいほど露骨に赤穂浪士の話をしつこく振った。

「最近は赤穂藩の遺臣たちの噂で世上は持ちきりでございますが、宮様は、彼らの行動に対して、いかがお考えでおられますかな？」

「ははは。私は出家の身でございますゆえ、お武家様の振る舞いに対して、私ごときがあれこれ口を挟むのは、おこがましい話でござりましょう」

そう答える輪王寺宮の表情はにこやかだが、口調はそっけないものだった。

「我々も、幕府の法に照らし合わせれば当然彼らを処分せねばならぬのですが、しかしながら民草どもは今回の件に揃って喝采を送っているという面もあるので、さてどうしたものかと、あれこれと思い悩んでいるところにござります」

「この世で御将軍様だけが味わわれる、実に難儀なお話でござりますな。さぞや苦衷のこととお察し申し上げます」

「まことと、苦しい判断にござりまして……。最近はあまりに思い悩みすぎて、髻の毛がぼろぼろと束になって抜け落ちてしまったほどでござる」

苦笑しながら綱吉がそう言うと、法親王は目を丸くした。

「なんと！　御将軍様にそこまでお心を痛めて頂けるとは、かの赤穂の者たちもずいぶんな果報者にござりましょう」

「法親王様は大変なご見識をお持ちの御方ゆえ、拙者も日頃から誠に頼りにしております。どうか今回も、お導きのお言葉を賜りたく存じます」

「いやいや、私めのような世捨て人が導くことができるのは、死出の旅路より先のことにござります。このような世捨て人が御将軍様のご政道に口を挟んでは、天下の大道を誤るやもしれず、私めからは何も申し上げることはござりませぬ」

「ほ、法親王様……」

綱吉が思い描いていた、輪王寺宮がきっと何か言ってくれるはずという虫のいい期待はあっさりと裏切られた。結局最後まで輪王寺宮は沈黙を貫き、彼の口から赤穂浪士たちの助命を求める言葉は一つも出ることはなかった。

後日、なぜあの時に浪士たちの助命を言い出さなかったのかと尋ねられた輪王寺宮はこう答えている。

「彼らは本懐を遂げ美しき忠君の心を示したが、今後も生きながらえると世俗の塵にまみれ、せっかくの美しき名を自ら汚してしまう者も現れないとは限らない。それよりは、切腹させることで忠義の志を後世に残してやることのほうが、彼らの武名を永遠に留めおくことができるであろう」

ただしこれも建前で、自分に対する世間の期待がやたらと高まっているのを感じた輪王寺宮が、ここで不用意に発言して政治に介入すると、いずれ輪王寺が無用の政争に巻き込まれることにもなりかねないと危惧し、それを避けるためにわざと我関せずを貫いたのではないか、といった説もある。

いずれにせよその日、「赤穂藩元筆頭家老　大石内蔵助」の死は正式に確定した。

二十．元禄十六年　二月四日（討ち入りの一か月半後）

ほほう。さんざん悩みぬいた挙句に、結局は殺すんかい。

そうかそうか、綱吉の野郎、それがお主の結論か。なるほどな。

幕府から届いた切腹の報を聞かされた時、内蔵助は心の中で将軍綱吉にそんな啖呵を切った。もちろん表向きは、幕府の指令を伝える上使に向かって礼儀正しく平伏すると、堂々とこう答えている。

「本来であれば、打ち首もまぬがれぬ大罪を犯したわが身にございます。切腹を賜りましたこと、ありがたき幸せと、上様のご恩情に心より御礼申し上げます」

逆に礼を言ったのは、将軍に対する彼なりの最大限の皮肉だった。

綱吉よ。儂はお主の心の中に、決して消せない罪悪感としてずっとずっと巣食ってやるわい。それが儂の、真の意味での主君の仇討ちじゃ。

のことだ。

そう考えて、上使の前で内蔵助はことさらに立派な武士を演じた。このきわめて潔い態度が綱吉の耳に入り、彼の罪悪感をますます掻き立てるであろうことを計算して

ものである。

決断が下るまでは一か月半もダラダラと待たせたくせに、いざ切腹と決まると早い

かされる。

朝早くに幕府の上使が将軍の命令を伝えると、すぐさま細川家屋敷の庭先に白い幔幕が張り巡らされて、大掛かりな切腹会場が設営された。幔幕の中央には畳三枚が用意され、切腹時に地面に敷いてそのまま死体をくるんで運び出すための大きな白布が一人一枚ずつ用意された。彼らが最後に身を清めるための風呂が大急ぎでいくつも沸

はは、なんや。細川家も切腹の準備、万端やったんやないかい。

内蔵助は、やけに手際のよい細川家を見てすっかり白けてしまった。幕府の命を受けて殺人犯を預かっているのだから、処刑の準備をしておくのは当然といえば当然のことなのだが、今まで毎日、一日三食二汁五菜という胃もたれするような饗応を続けていたくせに、その裏で自分らを殺す準備もちゃんと整えとったんやな、と内蔵助は

虚しさを感じた。この一か月半、かいがいしく敬意をもって接してくれた細川家の面々の顔が急に色褪せて、薄情者の一群としか思えなくなった。

ぼんやりと、家族の顔を心に思い浮かべてみる。

理玖。どうや、儂はやってやったで。

何一つ文句のつけようのない「筆頭家老　大石内蔵助」やったやろ。儂の本性はヘタレやが、結局お主の前ではその本性を隠して、死ぬまで立派な筆頭家老様を演じきったったわ。これが儂の人生や。どないなもんや。

主税の奴もしっかりやってくれたで。一時は情けない姿も見せて、あいつには済まぬことをしたが、それでも最後まで立派に儂についてきてくれた。お主に似て勇敢で賢い、儂には過ぎたる最高の息子じゃ。褒めたってくれや。

ああ、理玖はいまごろ、涙を流しながら子供たちに「父上はご立派な方でした」とか、誇らしげな顔をして言い聞かせておるんやろな。

でもお主のことやから、夫の誉れの場に涙は似つかわしくない、胸を張って泉下に送り出してやりましょうだのと言って、泣いてすらおらんかもしれんなぁ。

お軽は、泣いてくれておるやろか。

山科に隠棲していた時に妾として迎え入れたお軽のことに思いが向くと、内蔵助は途端にきゅうっと胸が苦しくなった。内蔵助の廓通いを止めるためという、あんまりな理由で始まったお軽との結婚生活だったが、そんなことを一切気にしないお軽の屈託のなさに、内蔵助はどれだけ救われたことか。

あの時、お軽の前で筆頭家老という立場を捨て、膝にすがって情けなく泣き叫んでいなかったら、自分はとうに気狂いして、こうして立派に筆頭家老としての役目を果たすことはできなかったに違いない。

こんな先のない中年男の都合に巻き込んでしまい、本当にすまぬことをした。誠に身勝手な願いで申し訳ないが、できることならば、もっと先のある若い者に再嫁して、幸せに添い遂げてほしいと思う——

そう願う内蔵助の耳に、山科の屋敷を去る時にお軽が打ってくれた、カチ、カチという切り火の音が聞こえたような気がした。

「辞世をお預かりいたします、大石様」

細川家の小姓が、そう言って内蔵助に辞世の句を詠むように催促した。内蔵助は目の前に置かれた短冊と筆を手に取った。

内蔵助以下、細川家の預かりとなった十七人はいま、全員が沐浴で身を清め、下向きに髷を結い白装束を着て一つの部屋に集まっている。

辞世の句は、討ち入りのずっと前から練りに練って決めてあった。世間が抱く「忠義の士・大石内蔵助」の印象を決して裏切らない、堂々とした潔い歌だ。

あら楽し 思ひは晴るる身は捨つる　浮世の月にかかる雲なし

書き上げた短冊を内蔵助が朗々と読み上げると、部屋中から「おお」という感嘆の声が上がった。堀部弥兵衛老人が、しわがれた声でうれしそうに「さっすがは大石殿じゃ。なんとも見事な辞世」と言うと、揃いの白装束に身を固めた同志たちは「そうじゃのう」と笑顔を浮かべながら内蔵助の辞世の句を誇らしげにほめ称えた。

それを聞いた内蔵助は「そりゃそうや」と自嘲気味にふふんと得意げに鼻を鳴らした。この句こそ、自分が一生かけて演じきった「筆頭家老　大石内蔵助」を締めくくる集大成なのだ。立派でなければ困る。

内蔵助は遠く江戸城にいる将軍綱吉に向けてこの句を詠んだ。まるで絵に描いたように潔いこの句を読めば、美しき武士を自らの手で殺してしまったと、きっと綱吉の悔恨も深まるに違いない。

本当の辞世の句は、違うところで詠んでいる。

二日前、彼がまだ切腹の命令を知らされる前のこと。内蔵助は討ち入りを支援してくれた能書家の細井広沢《ほそいこうたく》宛に手紙を送っていた。

その手紙の中で彼は、上杉勢の来襲に備えて半弓なども用意して討ち入ったのに、一向にやってこず無駄になってしまったのが面白かったと述懐し、「覚悟した　ほどには濡れぬ　時雨かな」という句を書き加えていた。

これが、「本当の内蔵助」の辞世の句。

討ち入りも切腹も、前もって準備をしている時には「とんでもない、絶対に無理だ」と感じたものだが、いざ実行に移す段階になると、実はこれは夢なのではないかと思うくらい、不思議なほどにあっけなく進むものだった。

細川邸のほうで切腹の準備が整ったのだろう。襖が開いて小姓が現れ、「大石内蔵助様、刻限にござります。お越しくださいませ」と声をかけた。

内蔵助は「おう」とだけ答えて立ち上がり、揃いの白装束を着て見つめる仲間たちを見やって「それではしばらくあとに冥途でまた会おうぞ。少しだけ先に行く」と言って微笑した。居並ぶ浪士たちも「すぐに参りますぞ」と清々しく笑った。

その様子を眺めていた細川家の堀内伝右衛門は、だらだらと涙と鼻水を垂らしながら、人目も憚らずにオウオウと泣いていた。

案内された前庭の中央には白い幔幕が張られ、それを取り囲むように何十人もの細川家の家臣たちがずらりと並んで座っていた。幔幕の前には畳が三枚敷かれ、その上に白い布がかけられている。畳三枚というのは切腹の格式の中でも最上級のものだ。

内蔵助が畳に正座すると、脇差を載せた白木の三方が目の前に置かれた。正面には細川家当主の細川越中守綱利《つなとし》と、幕府から切腹の目付役として派遣された荒木十左衛門が座り、いままさに自ら死に赴こうとする清き義人の姿を、最大の敬意を込めた厳粛な表情でじっと見つめている。

内蔵助たちの義挙に感動し、この一か月半の間ずっと手厚く彼らを遇してくれていた細川越中守は、込み上げてくる感情が抑えきれず目尻にはうっすらと光るものが見えた。荒木十左衛門も感極まった表情で、悲しそうに内蔵助の顔を見つめている。

なんやねん荒木。お前、ようけそんな善人面ぶら下げて儂の前に座ってられるもんやな。いまさらそんな悲しそうな顔浮かべるくらいやったら、儂が浅野家の再興を頼んだ時に、もっときばって働けっちゅーねん。クッソ使えんボンクラが。

内蔵助は荒木十左衛門に心の中でそんな悪態をつきながら、神妙な顔で深々と二人に向かって頭を下げた。襟元を両手で押し広げて胸と腹をあらわにすると、ひんやりとした風の感触が腹のあたりに感じられて、「こんなことして腹を冷やしたら、あとで腹を下してしまうな」などと、これから死ぬ人間には無用の考えがふっと内蔵助の脳裏をかすめた。

背後から衣擦れの音と、畳を踏みしめるギュッという音が聞こえる。自分の首を切り落とす介錯人が、後ろに立って足を肩幅に開き、腰を落として抜刀の構えをとったのがわかる。

内蔵助はゴクリと唾を飲み込み、三方の上に置かれた脇差を手に取った。恐怖でガタガタと手が震えるが、手が震えたせいで切腹の作法をしくじったなどという汚点を残してしまったら、何のために自分がつまらぬ意地を張って、やりたくもない討ち入りなんかをやったのか、さっぱり意味がわからなくなる。

ええい！　怯えるんやない儂！　儂が命を懸けて演じきった筆頭家老・大石内蔵助

の一世一代の晴れ舞台やろが！　しゃっきりせい！

腹に脇差あてたら、ホンマにすぐ首落としてくれるんやろな介錯人はん！　痛くないように、スパッと頼むでぇ！


ぐっと両脇に力を込めて手の震えを無理やり抑え込んだ内蔵助は、これまで何回も練習した作法どおりの動きで脇差を抜いて両手で構えた。背後からスラッと、刀が鞘走る音が聞こえる。ギュッと畳が鳴ったので、おそらく介錯人が刀を上段に振りかぶり、さらに腰を落として首を斬る準備を整えたのだろう。

内蔵助は目をつぶってゆっくり脇差を振り上げ、少しだけ静止したあと、自分の腹に向かって勢いよく振り下ろした。

だがこの時代、切腹の作法はかなり形式化していて、切腹する人間が自分で脇差を腹に突き立てることはない。脇差を腹に軽く当てたら、前方に体を倒して斬りやすいように首を伸ばすだけだ。それを合図に、切腹人が苦しまずに一瞬で死ねるよう、介錯人が一刀のもとに首を斬り落とすのだ。


「覚悟した、ほどには濡れぬ、時雨かな……」

首が落ちる寸前、小声でぼそりとつぶやいた天下一の義人の言葉は、自分の役割を演じきって役割のままに死んでいった男の、意地のひとことだった。

（おわり）

本作品は歴史上の事件を題材としたフィクションであり、史実とは異なる部分があります。また人物造形は作者の想像により構築されております。

討ち入りたくない内蔵助

二〇二一年十二月十五日　初版第一刷発行
二〇二一年十二月二十日　初版第二刷発行

著　者　白蔵盈太
発行者　瓜谷綱延
発行所　株式会社　文芸社
〒一六〇-〇〇二二
東京都新宿区新宿一-一〇-一
電話　〇三-五三六九-三〇六〇（代表）
〇三-五三六九-二二九九（販売）

印刷所　図書印刷株式会社
装幀者　三村淳

ISBN978-4-286-23329-1

文芸社文庫